더 리더: 미래를 향한 도전

THE LEADER

박용진의 미래를 향한 도전

박용진 지음

contents

3부 ——— 발상전환의 정치를 앞세워 새로운 길을 만들겠습니다! · 133

20대 대통령선거 더불어민주당 경선 기자회견문

contents

4부 ——— 거대 세력과 마주하는 용기를 가진 행동하는 정치인 · 235

20대 대통령선거 더불어민주당 경선 언론인터뷰

5부 ──── 민주당의 미래! 단 1cm라도
세상을 변화시키는 성과를 위해 싸우는 정치! · 287

2022년 더불어민주당 당대표 선거 연설문

어제까지 걸어온 길이
오늘 나의 새로운 출발선이다

●

2021년 5월 9일 민주당 대선 후보 경선에 도전을 공식 선언했다. 5월의 아름다운 햇살이 가득한 국회 잔디광장에서 많은 동료 국회의원들의 박수를 받는 자리였다.

그로부터 1년이 지난 2022년 7월 18일 민주당 당대표 선거 도전을 비가 억수같이 쏟아지는 부산 명지시장에서 밝혔다. 22년 전 노무현의 초라한 유세가 있었던 현장, 다시 그곳에서 몇몇 상인들만 놀란 눈으로 쳐다보는 가운데 진행된 출정식이었다.

극명하게 다른 두 개의 현장. 민주당이 정권 재창출의 희망을 안고 있을 때 시작한 대통령선거 후보 경선과 대선과 지방선거 패배

이후에 치러야 했던 당대표 선거 경선의 분위기는 극도로 달랐다. 1년 정도의 시간 동안 벌어진 두 개의 사건 사이에서 민주당은 치명적인 패배와 위기를 경험했고, 지금도 위기와 갈등의 혼란 속에서 있다. 당의 리더가 되고자 도전했던 나는 우리가 이 폭풍우의 어디쯤을 지나고 있는지 가늠하기 위해 애쓰고 있다.

　두 번의 도전은 나에게 엄청난 경험을 안겨주었다.
　국회의원에게 주어진 행정부 감시와 사법부 견제 기능에 충실하던 열심파 국회의원, 당내 민주주의 위기와 소통의 부재에 쓴소리를 마다하지 않던 소신파 국회의원에서 국가의 운영을 책임지기 위한 준비와 계획을 내놓아야 했던 대통령 후보 도전자로서의 치열한 고민과 토론의 무게를 감당해야 했다. 대한민국의 모든 분야에 대해 알고 있어야 했고, 당면 과제에 대한 답을 가지고 있어야 했다. 각각의 문제에 대한 답을 내놓더라도 그것이 서로 충돌하지 않기 위해 일관성을 유지해야 했고 온갖 사회적 갈등을 풀어나갈 지혜를 요구받았다.

　당대표 경선 역시 전혀 다른 측면에서의 과제와 경험을 안겨주었다. 70년 역사의 이 거대한 정당을 어떻게 승리의 길로 안내할 것인가? 당내 다양한 의견과 주장을 어떻게 하나로 묶어낼 수 있을 것인가? 대선과 지방선거 패배에서 우리는 무엇을 배울 것이며 그 책임은 누구에게 있는가?

하나 하나가 쉽지 않은 문제였고 답이 명확해도 그 답을 제시하기 위해서는 많은 것을 각오해야 했다. 패배의 책임을 제대로 묻는 것이 패배를 반복하지 않는 것이고, 나와 다른 의견을 존중하는 것이 우리의 힘을 하나로 뭉치게 만드는 일이지만 그 과정은 전쟁과 같은 갈등을 수반했다.

대통령으로서의 역할을 고민하고 준비했던 경선 과정과 민주당 대표로서의 책임을 맡겨달라 나섰던 과정은 내가 무엇이 부족하고 어떤 것을 채워야 하는지를 고스란히 드러냈다. 그 덕분에 평범한 10년이 지나도 얻지 못했을 많은 것을 얻게 해주었다.

특히 서울과 여의도에 갇혀 있던 인식을 전국으로 확장시켰고, 정치에만 몰두해 있던 시야를 사회 전 분야로 넓힐 수 있게 되었다. 실제 그 역할을 가질 수 있을지는 국민들이 결정하실 일이지만 스스로 그 역할을 하겠다고 다짐한 사람의 자세는 이전과 전혀 비교할 수 없을 만큼 달라졌다.

이 책을 통해 지난 도전 과정에서의 말과 글, 생각을 정리하고자 했던 것은 인식의 확장과 시야의 확대 과정을 제대로 정리하기 위해서이다. 당대표 경선이 끝난 뒤부터 마음속으로 갖고 있었던 생각이다.

●

이 책에는 지난 대통령선거와 당대표 경선의 도전 과정에서의 기자회견문, 연설문, 언론 인터뷰 등 박용진의 주장, 생각, 말과 글이 담겨져 있다. 그러나 아주 일부만이 담겨져 있다. 방대한 분량의 흔적들 중 반복되지 않고, 절차탁마를 거쳐 보다 명확하게 내 생각이 전달되었던 것들을 골랐다.

언론 인터뷰는 당연한 일이고, 대부분의 기자회견문과 연설문은 내가 직접 쓰거나 나의 수정 및 첨삭 과정을 거쳤다. 박용진의 생각이고 주장이다.

그러나 이 말과 글들은 'Team 박용진'의 공동작품이다.

정책 공약도, 정치적 주장도 치열한 찬반 토론과 의견 수렴 과정이 있었고, 신중한 초고 작성과 집단 회람과 재수정이 반복되었다. 서로 성질을 긁는 주장이 오고갔고, 긴 한숨소리가 빈번했다. 자기 주장과 소신이 분명한 사람들이었다.

승리는 요원했고, 패배는 분명해 보이는 캠프였음에도 불구하고 헌신적 분위기가 지배했다.

많은 이들의 땀과 지적 노력 덕분에 이 책에 실리는 많은 공약과 주장들이 탄생했다. 그 자랑스러운 'Team 박용진'이 있었기에 그 길고 힘들었던 과정을 단단하고 자신있게 헤쳐 나갈 수 있었다.

그들과 더 단단하게, 그리고 더 많은 'Team 박용진'이 함께 상상력을 키워나가고 꿈을 현실로 만들어 나갈 것을 약속한다.

대선과정에서의 기자회견문과 각종 연설문 중 일부를 먼저 묶었다.

지금 다시 들여다봐도 오늘의 대한민국이 참고해야 할 주장과 정책이 적지 않다. 발상전환의 신선한 주장도 있고 미래를 위한 간절한 호소도 있다. 대통령 후보 경선 과정답게 정책제안과 공약 제시가 많았기에 그 내용들을 선별해 실었다.

대선 경선 과정은 길었다. 본격 경선 일정 이전부터 개인적인 준비를 시작했기 때문에 전체 대선 경선 기간은 1년에 가까웠다. 언론의 인터뷰 요청이 많았고, 그 기회를 통해 국민들에게 나의 생각을 전달하려 애썼다. 많은 인터뷰들 중에서 경선과정의 맥을 짚을 수 있고 의미있는 제안을 했던 몇 개를 골라 실었다. 좋은 기회를 준 기자들과 언론사에게 감사의 뜻을 전한다.

당대표 경선은 두달 정도의 짧은 기간 동안 집중적으로 진행되었다. 그리고 당내 현안과 논쟁 중심으로 선거전이 펼쳐진 탓에 연설문과 기자회견문, 언론 인터뷰는 대부분 겹치거나 당 내부 논쟁에 집중되어 있다. 책에 실을 내용들을 고르고 보니 상대적으로 대통령 경선에 비해서 양이 적고 외부적으로 공유할 메시지가 많지 않다. 그러나 더불어민주당의 당내 민주주의 회복과 위기극복을 위한 필사적 노력의 흔적을 남기고 기록해 두는 것은 대한민국 정당사에서도 의미있는 일이라 믿는다.

정치인들은 숱한 말을 한다. 많은 약속과 비전을 제시한다. 각종 선거기간에는 더욱 그렇다. 그러나 그 말과 약속 중에 많은 것들을 그냥 잊거나 흘러 보내고 마는 경우가 많다. 지난 두 번의 도전 과정에서 나도 참 많은 이야기를 했고, 정책과 공약으로 비전을 제시했다. 그러나 안타깝게도 내가 도전에 실패함으로써 그 내용들은 생명력을 얻고, 실현의 기회를 얻는데 실패했다.

하지만 내가 도전을 포기하지 않는 한 정책과 약속을 실현할 기회가 영영 사라진 것이 아니며 그 방향이 틀린 것도 아니다. 내가 당선되지 않았다고 해서 정치인의 정책과 공약이 그냥 흘러가는 강물처럼 잊혀져서는 안 된다고 믿는다. 도전 과정에서의 말과 글을 다시 들여다 보면서 여전히 절실하고, 여전히 의미있는 내용들을 확인한다. 쓰다 울었던 연설문을 다시 읽다가 눈시울 붉어지는 것을 느끼면서 내가 해야 할 일이 여전하다는 것도 확인했다.

대통령 후보 경선 경기 연설은 선거 기간 내내 내가 주장하고 제시했던 정책과 공약을 정리하는 자리였다. 그 내용을 다시 읽어 보는 것 만으로도 단지 지나버린 이야기로 치부해서는 안되겠다는 생각을 갖게 한다.

"저는 이번 경선기간 동안 대한민국 '번영'의 길에 대해 말씀드리고 있습니다. 국부펀드, 국민자산 5억 성공시대, 든든주거3박자, 가치성장주택 공약, 모병제와 남녀평등복무제로 강한 안보, 바이미식스 대통령, 선진강국으로의 도약, 그리고 연금개혁, 교육혁명, 노동개혁 등 기성세대의 장벽을 낮춰 청년들이 기회의 계단을 쌓을 수 있는 사회적 제안까지 모든 것이 대한민국의 지속가능한 번영을 위한 새로운 접근, 발상전환의 공약들이었습니다.

재정으로 뒷받침 할 수 없는 공약이나 퍼주고 표받는 표퓰리즘의 길이 아닌 지속가능한 복지제도를 만들겠다고 약속드렸습니다.

저는 선거기간동안 국민들께 많은 정책을 공약했습니다. 계파도 조직도 없지만 정책만큼은 박용진이 제일 낫다는 이야기 많이 들었습니다.

1,500조원 국부펀드로 수출로만 먹고사는 나라가 아니라, 이제는 재테크로도 국가 자산을 키우는 나라! 국민의 자산도 나라가 함께 키워주는 제도를 설계했습니다. '나라도 부자로 국민도 부자로'라는 제도 설계는 전 세계 어떤 국부펀드에서도 해보지 못한 발상전환입니다.

코로나 위기에 대처하기 위한 동시감세 정책!

노동자와 자영업자를 위한 소득세 감세, 일자리 창출과 공정한 세제 개편을 위한 법인세 감세는 돈을 걷어 다시 나눠주는 방식이 아니라 국민과 기업에 직접 혜택이 갈 수 있는 간명한 방향입니다. 제 동시감세 공약 이후 여러 비판과 우려도 있었지만 문재인 정권도 동시감세로 방향을 전환했습니다.

'든든주거3박자' 정책!

좋은집중분공급전략으로 김포공항 부지를 비롯해 필요한 곳에 좋은 집을 충분히 공급하고, 가치성장주택으로 국민의 주거안정과 자산축적의 기회를 제공하겠습니다. 임대주거 지원제도를 통해 임대주택 사각지대도 해소하겠습니다.

바이미식스 대통령!
공격적 성장정책으로 대한민국의 번영을 이끌기 위해 바이오헬스, 2·3차전지, 미래차, 6G 4차산업혁명 핵심 산업에 공격적으로 투자해 성장을 이끌어 가는 정책을 말씀드렸습니다.

국부펀드의 떡잎투자전략을 통해 벤처 스타트업 기업을 유니콘 기업으로, 중소, 중견기업은 대기업으로, 대기업은 글로벌 초일류기업으로 성장시키는 토양을 만들겠습니다. 삼성전자같은 기업 10개 20개 만드는 대통령이 되겠습니다.

초반부터 논쟁적 공약이었던 모병제와 남녀평등복무제! 전 국민이 국방의 주역이 되는 시대! 강력한 안보체계를 구축하려는 계획입니다.

제가 이런 발상전환의 정책들을 내놓자 일부에서는 박용진이 우파로 전향했다는 억지 비판, 신자유주의 논리 아니냐?는 낡은 비판도 있었지만 저는 개의치 않았습니다. 우리는 낡은 정치 문법, 진영 논리에서 벗어나야 하기 때문입니다. 낡은 이념적 접근, 진영논리로 현실을 재단해서는 안됩니다. 변화무쌍한 현실에 능수능란하게 대응하는 것이 바로 유능한 진보의 자신감입니다.

발상전환해야 그게 진짜 진보주의자입니다. 경제학자 케인즈도 김대중 대통령도 발상전환을 했기 때문에 새로운 주류가 될 수 있었습니다. 그 래서 저는 오늘 여러분 앞에 이런 발상전환 정책들과 함께 제가 민주당 과 대한민국을 이끌어 가는 새로운 주류가 되겠다는 다짐을 선언합니다.

유능한 진보로 민주당이 무장하고 새로운 진보의 길, 경제성장과 사회 적 평등을 동시에 달성하는 발상전환의 정치세력으로 민주당이 변화 발 전하도록 이끌어 가겠습니다.

1.강한 안보, 2.강력한 경제성장정책, 3.포퓰리즘이 아닌 지속가능한 복 지제도로 무장한 유능한 진보로 새로운 진보 주류세력을 형성하겠습니다.

민주당의 미래, 대한민국 정치의 새로운 시대를 열겠습니다.
재벌개혁과 유치원개혁에서 확실한 성과를 보인 사람, 공매도를 바로 잡고, 자동차 제작결함 문제를 바로 잡은 사람, 한 번 한다면 끝을 보고 성과를 남긴 박용진과 함께 새로운 미래를 만들어 나갑시다
감사합니다.

2021년 10월 9일

경기도 연설문 중 일부

16

난 대선 과정에서의 정책 공약을 보면서 군사, 외교, 안보 분야에서의 부족함도 새삼 느꼈다. 이 분야에서의 부족함을 채우기 위한 노력을 해야 하는 것이 숙제이다. 당대표 선거 과정에서의 인터뷰를 들여다 보며 당내 기반 부족의 문제, 민주당 노선과 정체성을 선명하게 제시하지 못한 아쉬움도 컸다. 제출한 숙제를 다시 보다가 새로운 숙제를 떠올리는 것을 보니 나는 아직 희망을 꺾지 않고 부딪히기를 멈추지 않은 살아 있는 도전자임이 분명하다. 이 책의 내용이 단지 과거의 흔적을 정리하는 것이 아니라 새로운 도전을 준비하기 위한 축적과 담금질의 시작을 의미하는 것이라 생각한다.

도전을 멈추지 않는 자에게는 어제 내가 멈춰 선 자리가 오늘 나의 출발선이다.

2023년 9월

1부

'행복국가'를 만드는 용기 있는 젊은 대통령이 되겠습니다!

**20대 대통령선거
더불어민주당 경선 출마선언문**

'행복국가'를 만드는
용기 있는 젊은 대통령이 되겠습니다!

▶ 2021년 5월 9일
제20대 대통령선거 출마선언문

민주당 대선 후보 선출 당내 경선에 도전하겠다는 공식선언 행사에서의 연설
문입니다. 시기와 장소를 정하는 것 부터가 고민이었습니다.

대선 1년 전인 5월 9일로 확정하고 장소를 국회 잔디광장으로 정했습니다.
민주당 내에서 공식 출마선언을 한 첫 후보였고, 국회에서 공식 출마 행사를
가진 역대 첫 대선후보로 기록되었습니다. 출마 행사장은 젊었고, 활기 넘쳤
습니다. 행사 사회는 20살 젊은 틱톡 크리에이터가 봤고, 많은 동료의원들이
자리를 축하하기 위해 참석했습니다. 기자회견문은 '행복국가', '불평등과 불
공정에 맞서는 용기있는 대통령', '세대교체로 시대교체'로 요약될 수 있습니
다. 결이 조금씩 다른 메시지를 하나로 묶은 것이 좋은 선택은 아니었다는 아
쉬움이 있습니다.

정치의 세대교체로 대한민국의 시대교체를!

국민과 함께 행복국가를 만드는 대통령이 되겠습니다.
국민과 함께 불공정과 불평등에 맞서는 용기 있는 대통령이 되겠습니다.
국민과 함께 정치의 세대교체를 선도하고 시대를 교체하는 젊은 대통령이 되겠습니다.

존경하는 국민 여러분, 사랑하는 당원 동지 여러분!
저는 오늘 떨리는 마음과 미래에 대한 희망을 안고 대한민국 제20대 대통령선거 출마를 공식 선언합니다.

지금 대한민국은 빠른 속도로 변화하고 있습니다. 정치를 제외한 모든 분야에서 빠르게 세대교체가 이루어지고 있습니다. 경제, 스포츠, 문화예술 등 모든 분야에서 젊은 세대가 시대를 주도하고 있습니다. 정치만이 시대에 뒤쳐져 있습니다. 국민이 원하는 변화를 만들기는커녕 변화의 속도를 쫓아가지 못하고 있습니다.

우리 정치권은 지난 10년 동안 뻔한 인물들과 낡은 구도에 갇혀 있었습니다. 세대와 진영 간의 갈등이 깊어지고, 과거 회귀적인 분열과 대립이 극단적으로 벌어지고 있습니다. 정치 지도자들은 진영 논리와 갈등 구조에 빠져 사회 통합과 미래 과제를 말하지 못하고 있습니다. 국민들께서는 너무나 간절하게 우리 정치에 변화가 생기기를 바라고 계십니다. 새로운 세대와 대한민국을 이끌어 가야 할 정치가 낡고 지쳐 있기 때문입니다.

정치가 바뀌지 않으면 세상을 바꿀 수 없습니다. 정치의 세대교체로 대한민국의 시대교체를 이루어야 합니다. 지난 10년 동안 낡고 무기력했던 정치에 책임이 있는 인물, 청년 세대의 실망과 분노에 책임이 있는 세력이 새 시대를 이끌 수 없습니다.

뻔한 인물이 아닌 새로운 인물, 기성 정치가 아닌 젊은 도전자 박용진이 우리 사회 청년 세대를 대변하고, 젊은 정치 세대를 대표하고자 합니다. 박용진이 우리 사회 변화를 주도하고 있는 젊은 세대와 함께 대한민국을 세계일류 혁신 선도국가로 만드는 일을 하기 위해 정치 세대교체를 이끌겠습니다.

구시대의 착한 막내가 아니라 새 시대의 다부진 맏형 역할을 하겠습니다. 낡은 정치의 틀을 부수고 대한민국 정치혁명을 시작하는 선봉장이 되겠습니다. 한국사회 변화와 혁신의 대장정을 이끌어 가는 젊은 대통령이 되겠습니다.

정치에서의 세대교체가 이루어져야 산업화세대, 민주화세대와 함께 밀레니얼세대를 연결하는 세대 통합을 위한 사회개혁이 가능해집니다. 선진국 대한민국에서 태어난 젊은 세대는 개발도상국 시대에 태어난 기성세대와 같을 수 없습니다. 이들과 함께 하기 위해 세대 간 통합과 타협이 있어야 합니다. 주거문제, 자산성장, 연금개혁, 노동개혁, 교육개혁 등 청년과 미래 세대에게 불리한 모든 분야에서 세대 간 양보와 합의가 이뤄지도록 앞장서는 대통령이 되겠습니다.

박용진이 정치에서의 세대교체로 사회경제 분야의 세대통합을 이루고 4차산업혁명을 선도하는 대한민국의 시대교체를 반드시 이뤄 내겠다고 약속드립니다.

행복국가로 나갑시다!

대한민국 국민들이 힘들어 하고 계십니다. 부동산, 재테크, 노후 준비에서 불안과 걱정이 늘어나고 있습니다. 아무리 열심히 노력해도 내 집 마련의 꿈은 이룰 수 없는 일이 되어 버렸고, 행복한 노후를 위한 준비는커녕 오늘의 삶을 유지할 걱정으로 버겁습니다.

대한민국 청년들이 힘들어 하고 있습니다. 일자리 걱정과 미래에 대한 불안은 결혼과 출산이라는 평범한 행복에 대한 포기로 나타나고 있습니다. 나라는 부자가 되었다는데 국민은 행복하지 않습니다.

행복국가를 만들

젊은 대통령

대선 1년 전인 5월 9일 국회 잔디광장에서

출마선언을 했습니다.

민주당 내에서 공식 출마선언을 한 첫 후보였고,

국회에서 공식 출마 행사를 가진

역대 첫 대선후보로 기록되었습니다.

대한민국은 지난 세월 평범한 국민들이 성공하는 나라였습니다. 그럴싸한 집안의 배경이 없어도, 크게 물려받은 재산이 없어도, 자신의 열정과 노력으로 성공할 수 있다는 희망이 있는 나라였습니다. 우리는 미래의 대한민국 역시 그런 희망을 꿈꿀 수 있는 나라가 되어야 한다고 믿습니다. 청년들이 꿈을 키우고 인생을 설계할 수 있도록 뒷받침하는 사회가 되어야 합니다. 평범한 사람들, 성실하고 정직한 사람들이 성공하고 행복할 수 있는 사회, 그것이 우리가 꿈꾸는 행복한 대한민국입니다.

그 '행복국가'를 국민 여러분들과 함께 만들겠습니다.

행복국가를 만드는 일은, 대한민국 공동체가 함께 가야 할 길입니다. 대한민국 국민들께서는 세계에서 가장 가난한 나라를 일으켜 '산업국가' 시대를 만들었고 세계에서 유례가 없는 철권통치에 맞서 '민주국가'를 달성했습니다. 여전히 부족하지만 빠른 속도로 '복지국가' 시스템을 갖춰냈습니다. 이제 우리는 한 단계 더 나아가야 합니다. '안심'과 '다행'이라는 복지국가의 최소 안전망에 머물지 않고 국민들께서 바라는 것이 이루어지고, 노력의 대가를 제도적으로 보장받는 나라가 바로 '행복국가'입니다.

행복국가를 만드는 일은, 우리헌법 10조가 담고 있는 가치를 실현하고자 하는 오래된 희망의 실천입니다. '대한민국은 민주공화

국이다', '대한민국의 모든 권력은 국민으로부터 나온다'는 우리 헌법 1조의 실현이 저절로 이루어진 것이 아니듯이 '모든 국민은 인간으로서의 존엄과 가치를 가지며, 행복을 추구할 권리를 가진다. 국가는 개인이 가지는 불가침의 기본적 인권을 확인하고 이를 보장할 의무를 진다'는 헌법 10조가 단순한 선언에 그치는 것이 아니라 국가행정의 목표가 되고, 단지 종이 위의 글씨가 아니라 우리 국민들의 삶의 현장에서 손에 잡히는 변화를 만드는 힘이 되어야 합니다.

행복국가를 만드는 일은, 가슴 설레는 우아함이 아니라 가슴 떨리는 치열함이 동반되는 일입니다. 우리 사회의 진보적 변화를 위한 몸부림이고 헌법정신 실현을 위한 총력전입니다. 국민의 행복은 개인의 주관적 만족이나 심리적 안정을 넘어 경제사회적 조건과 제도 변화로 뒷받침 되어야 하는 일이기 때문입니다. 행복국가를 만드는 과정은 낡은 관료와 일부 기득권 세력들에 맞서는 일입니다. 저는 국민 모두를 행복하게 만드는 일보다 자신들의 영향력을 지키는 일에만 관심이 있고, 자신들의 이익이 견고하게 보장되는 불공정과 불평등 구조 안에 우리 사회를 계속 가둬두고 싶어 하는 세력들과 용기있게 맞서겠습니다.

불공정과 불평등에 맞서 돈 없고 힘 없고 빽 없는 평범한 국민들이 당당하게 어깨 펴고 살아갈 수 있는 행복국가를 만드는 일에는 용기가 필요합니다. 열정과 확신이 필요합니다.

행복국가를 향한 용기 있는 도전을 박용진이 시작하겠습니다. 저 혼자서는 결코 할 수 없는 일이기에 민주당의 이름으로, 당원 동지들과 함께, 국민의 힘으로 해내겠습니다.

박용진은 그런 일을 해왔습니다. 한유총이라는 기득권 세력에 맞서 우리 아이들을 위해 유치원 3법을 통과시켰고, 재벌총수의 불법과 반칙에 맞서 법과 정의를 지키기 위해 망설임 없이 싸웠으며, 거대 대기업의 횡포에 맞서 국민 안전을 위해 자동차 제작결함 문제를 방관하지 않고 5년간의 끈질긴 문제제기로 리콜과 무상수리 조치를 얻어냈습니다. 불공정한 주식시장에서 공매도 제도를 개선하기 위해 노력해 왔습니다.

두렵고 힘들었지만 국민 여러분과 함께, 민주당의 이름으로 성과를 만들어 내고 우리 사회의 변화를 만들어 냈습니다. 이제 더 큰 변화를 만들기 위해 불공정, 불평등에 맞서 행복국가를 만드는 용기 있는 대통령이 되겠습니다.

국민행복주거 | 국민 행복을 위해 우리 국민의 분노와 좌절 대상이 된 부동산 문제를 해결하겠습니다.

무엇보다도 국민의 주거권 보장에 앞장서겠습니다. 정부의 목표는 강남 부동산 값 잡는 일이 아니라 국민 주거 안정이어야 합니다. 내 집 마련의 행복한 꿈을 실현하는데 고칠 제도는 고치고 필요한 제도는 만들겠습니다. 필요한 곳에 필요한 만큼 주택을 공급하고 청년 전월세지원 등 주거 약자를 위한 다양한 정책을 마련하겠습니다.

국민행복자산 | 나라도 부자로, 국민도 부자로 만들겠습니다.

한국판 테마섹(Temasek) 구상을 국민들에게 제시하고 세계 최대 최고 규모의 〈국부펀드〉를 구성, 효율적인 국부관리 및 국민연금 개혁에 나서겠습니다. 연수익 7% 이상의 '국민행복적립계좌' 등 안정적이고 장기적인 자산형성 제도를 마련해 〈국민자산 5억 성공시대〉를 열겠습니다.

모든 국민이 행복한 자산 성장을 꿈꾸는 시대를 열겠습니다.

국민행복병역 | 모든 국민이 행복하고 든든한 안보의 주역이 될 수 있는 국가안보 시스템을 구축하겠습니다.

모병제 전환을 통해 정예강군을 육성하고 남녀평등복무제로 전 국민이 국방의 주역이 될 수 있는 〈온국민행복평등병역시대〉를 열겠습니다. 더 이상 우리 젊은이들이 병역 의무 수행을 시간낭비로 여기지 않도록 복무기간 동안 군인연금을 적용해 청년들의 사회 진출을 뒷받침하겠습니다.

초라한 국방의무가 되지 않도록 헐값 징집 시대를 지금 당장 종식시키겠습니다.

국민행복배당 | 국민의 의무는 득달같이 요구하고, 국민의 권리는 온갖 서류를 모아 신청해야 하는 불친절한 복지행정시대를 끝내 겠습니다. 공무원 중심의 탁상행정, 부처별 이기주의와 칸막이 행정을 일소하겠습니다. 국민 권리인 복지 혜택을 신청주의가 아닌 적극주의로 전환하고 모든 행정 서비스를 원스톱으로 통합한 '복지행정통합플랫폼'을 구축하겠습니다. 이를 기반으로 모든 국민이 행복한 배당의 주인이 될 수 있는 〈온국민행복배당시대〉을 열겠 습니다. 세금 거둬 나눠주는 선심행정, 국민과 기업에 수십조원 증세 부담을 가중하는 재정남용 정책이 아니라 4차 산업혁명시대의 원유인 국민의 데이터를 기반으로 수익을 창출하고 이를 국민에게 고루 배당하는 새로운 국민 배당 시스템을 열겠습니다.

국민행복창업 | 대한민국을 4차산업혁명의 혁신선도국가로 이끌 겠습니다. 청년들의 창업도전을 응원하고 실패가 두렵지 않도록 지원 시스템을 정비하겠습니다. 관료의 도장 규제, 기존 주류사업자의 진입장벽 규제, 대기업 중심의 시장독점 규제 등 3대 규제를 혁파하여 혁신의 골드러시 시대를 열겠습니다.

대한민국 3차 경제 부흥의 대동맥이 될 혁신의 고속도로를 깔아 유니콘 기업을 더 많이 육성하고 삼성전자 같은 회사 10개, 20개가 등장할 수 있는 〈온국민행복혁신창업시대〉를 열겠습니다.

미래를 준비하는 강한 시장, 공정한 사회, 노동이 존중받는 세상, 실력으로 인정받을 기회, 격차해소, 장애인이 당당하게 살아갈 수 있는 사회, 어떤 시민도 부당한 차별을 받지 않는 평등한 사회, 대한민국 헌법 10조가 실현되는 나라를 만들겠습니다.

민주당 혁신과 변화를 위해 몸부림 치겠습니다

민주당을 사랑하는 국민 여러분! 당원 동지 여러분!
뻔한 인물, 뻔한 구도로는 뻔한 패배를 맞을 수밖에 없습니다.
낡은 인물, 낡은 가치로는 새로운 시대를 책임질 수 없습니다.

민주당은 지금 위기의 한복판에 서 있습니다. 민주당의 위기는 한 정당의 위기가 아니라, 국민들께서 믿고 맡기셨던 세계일류 혁신 선도국가로의 도약, 국민의 먹고사는 문제 해결, 한반도 평화, 검찰개혁을 포함한 사회개혁의 추진 등 중요한 시대과제의 좌초를 의미합니다. 역사의 엄청난 후퇴이자 정치세력으로서 씻을 수 없는 죄를 짓는 일입니다.

우리는 민주당이 혁신하고 변화해야 한다고 말하지만 국민들께서는 입으로만 혁신을 말한다고 보고 계십니다. 이래서는 안 됩니다. 현명한 국민들께서는 말로만 변화를 이야기하는 정치세력에게 자비를 베풀지 않습니다. 이번 민주당 대선경선 과정은 민주당이 변화의 진정성을 국민들에게 보여드릴 마지막 기회입니다. 당내 경선 과정에서 우리는 정권 재창출을 통해 문재인 정부에게 주어졌던 역사적 과제와 책임을 제대로 짊어지고 나갈 도덕적 우위와 정책적 실력을 보여드려야 합니다.

민주당과 대한민국을 사랑하는 당원 동지 여러분!

새로운 비전으로 무장하고, 새로운 대한민국을 만들겠다는 자신감으로 가득 찬 젊은 새 인물 박용진을 선택해 주십시오. 문재인 정부의 성과를 이어 우리 시대 과제를 제대로 완수하고, 대한민국을 세계일류 혁신 선도국가로 만들 준비가 되어 있는 박용진을 이번 대통령선거에 앞장세워 주십시오. 흙먼지 일으키며 사회 변화와 개혁의 초원을 질주하는 선봉장이 되겠습니다.

우리 국민들은 스스로 일어서 도전하는 정치인, 개척자 정신으로 무장한 정치인이 민주당의 새로운 얼굴로 등장하기를 기다리고 있습니다. 저는 계파를 배경으로 삼거나 누구의 지원을 업고 나서는 상속자가 아니라 국민과 함께, 당원과 더불어, 변방에서 중원으로 스스로 일어서는 창업의 정치 지도자가 되겠습니다. 저 박용진을 선택해 주십시오. 국민과 함께 대통령선거 승리를 만들겠습니다.

당원 동지 여러분!

문재인 정부의 성공과 정권 재창출을 이루려면, 우리는 한순간도 흔들리지 않고 국민과 함께 가야 합니다. 우리들만의 성에 갇혀서는 안 됩니다. 더 넓은 국민의 바다로 나가야 합니다. 과거에 갇혀서도 안 됩니다. 미래로 가야 합니다. 우리들만의 이야기, 우리들만의 관심이 아니라 국민들의 이야기에 귀 기울이고 국민들의 관심거리에 집중해야 합니다. 일자리와 창업, 주택정책과 자산성장 등 먹고사는 문제에 집중하고, 모병제 전환과 국방개혁, 미중 갈등 대응 전략, 한반도 평화체제 등의 안보문제에서 준비된 능력을 보여주어야 합니다. 미국 뿐 아니라 중국과 북한에도 No라고 이야기 할 수 있어야 합니다. 북한에 끌려 다녀서는 안 됩니다. 평화를 위해서라도 단호할 때 단호하고 할 말은 해야 합니다. 국민의 건강, 자녀의 교육, 노후설계 등 평범한 국민의 관심에 답을 하고 평범한 국민의 상식이 통하는 사회를 만들어야 합니다. 우리가 먼저 그렇게 변해야 합니다.

민주당의 변화를 위한 처절한 몸부림, 쇄신의 결과로 박용진을 내세워 주십시오. 박용진을 민주당 혁신의 증거로 만들어 주십시오. 젊은 대통령 후보 박용진을 앞장세운 민주당은 대선에서 반드시 승리할 것입니다. 국민과 함께 대한민국 정치의 대변혁을 만들어 보겠습니다. 김대중의 40대 기수론 이후 두 번째 정치혁명을, 노무현 돌풍 이후 두 번째 한국정치의 대파란을 약속드립니다.

온 국민이 행복한 새 세상을 꿈꿉니다!

저는 경선에서 승리하고 민주당의 대선후보가 되어 김대중과 노무현, 문재인을 이어 네 번째 민주개혁정부의 대통령이 되겠습니다. 국민의 정부, 참여정부, 나라다운 나라를 만들기 위한 거대한 발걸음을 이어 행복국가를 건설하겠습니다. 낙관과 희망이 넘치는 사회, 통합과 상식의 정치를 통해 미래를 열어가는 행복을 만드는 대통령이 되겠습니다. 기회의 나라, 성장의 나라, 성공과 자신감의 나라를 다시 회복하겠습니다.

국민 여러분과 함께, 당원 동지들과 함께 백년을 바라보는 넓은 시야를 가지고 기후위기와 저출생의 위기에 맞서겠습니다. 연금개혁과 교육개혁 등 우리사회 오랜 과제에 답을 써 넣겠습니다. 코로나가 안긴 많은 숙제도 해법을 찾겠습니다. 자영업에 대한 지원, 새로운 노동형태에 대한 적극적 정책으로 재벌에게 좋은 일자리를 호소하는 것이 아니라 새로운 노동이 양질의 일자리가 될 수 있도록 사회적 합의를 만드는 대통령이 되겠습니다. 방역과 경제, 보건의료 방면에서 '포스트코로나'가 아닌 '위드코로나' 시대의 장기 대책을 마련하겠습니다.

우리가 함께 꾸는 꿈은 현실이 됩니다.
당원 동지 여러분! 박용진과 함께 새 세상을 꿈꾸지 않으시겠습

출마 행사장은 젊었고, 활기 넘쳤습니다.

행사 사회는 20살 젊은 틱톡 크리에이터가 봤고,

많은 동료의원들이 자리를 축하하기 위해 참석했습니다.

니까? 국민 여러분! 박용진과 함께, 민주당과 함께 새 세상의 주인이 되어 주시겠습니까?

　행복국가 대한민국을 만들어 나갈 용기 있는 젊은 대통령, 박용진과 함께 행복한 도전을 시작해 주십시오. 오늘은 마스크를 쓰고 정해진 인원만을 모시고 대통령선거 출마 선언을 하지만, 국민 여러분 약속드립니다. 박용진이 1년 뒤 이곳 국회에서, 대한민국 제20대 대통령으로 취임하면서 코로나를 극복한 국민 여러분들과 함께 마스크를 벗고 활짝 웃으며 행복국가 건설의 첫걸음을 시작하겠습니다. 그 벅찬 약속의 시작과 끝을 함께 해주십시오.
　감사합니다.

2021년 5월 9일
민주당 대선 후보 경선 출마를 선언하며
국회의원 박용진

'박용진의 정치혁명'을
이제 본격적으로 시작하겠습니다!

– 민주당 대선승리 주역으로 정치 세대교체와
　대한민국 시대교체를 책임지겠습니다.

2021년 7월 11일
더불어민주당 제20대 대통령선거 경선 컷오프 통과 메시지

우리 청년들에게 희망을 이야기하고 싶었습니다. 박용진이라는 계파도, 돈도, 빽도 없는 젊은 정치인의 도전 자체를 보여주고 싶었습니다. 불안하고 초조한 젊은 청년들이 박용진의 과감하면서도 어찌 보면 무모한 도전을 보면서 나도 한번 해보자는 자신감을 갖기를 바랐습니다. 무명가수가 자기의 힘으로 무대에 서고, 열정을 다해 자신의 노력과 준비된 실력을 발휘해 마침내 '이름'을 얻고 박수를 받는 것처럼 박용진의 도전이 보여지기를 희망했습니다.

– 본문 중에서 –

국민 여러분, 당원 동지 여러분! 정말 감사합니다.

예비경선 통과의 결과는 모두 국민 여러분과 당원 동지 여러분의 과분한 지지와 응원 덕분입니다. 당원 동지들과 국민 여러분들께서 응원하고 도와주신 덕분에 저는 이제 두 달 동안의 본경선 시간을 얻었습니다. 그 시간을 소중하게 잘 써서 박용진이 민주당 대선승리의 유일한 대안이고, 확실한 필승 카드라는 사실을 명징하게 보여드리겠습니다. 대한민국의 미래를 이끌어 나갈 자신감 넘치고 준비된 지도자임을 보여드리겠습니다.

그동안 제가 약속드렸던 한국정치의 대파란은 이제 시작되었습니다. 5월 9일 출마를 선언했던 두 달 전 누구도 장담하지 못했던 박용진의 본경선 진출로 새로운 정치 혁명의 봉홧불이 올랐습니다. 국민들께서 불러일으키고 있는 엄청난 폭풍의 한 가운데에 박용진이 있습니다.

제가 이미 윤석열 전 총장과 1시간만 토론하면 그 빈약한 밑천이 다 드러나도록 하겠다고 약속드린 바 있습니다. 예비경선 방송토론 과정을 통해 누가 과연 윤석열 후보와 싸워 이길 수 있는 준비된 후보인지 확인되었고, 누가 보수진영이 가장 두려워하는 후보인지도 확인되었습니다. 안방에서 이기는 후보가 아니라 중원에서 승리하는 후보가 민주당의 후보여야 합니다. 박용진을 민주당의 대선후보로 선택해 주십시오! 야당의 단일후보를 반드시 이기는 민주당의 후보가 되겠습니다.

저는 저의 이번 도전으로 국민들과 청년들에게 희망과 자신감을 불어넣어 드리고 싶었습니다. 한국 정치의 낡고 지친 모습을 보면서 낙담하는 국민들, 우리는 왜 오바마, 마크롱 같은 젊은 대통령이 나타나지 않느냐고 탄식하는 국민들에게 그래도 박용진이라는 결이 다른 정치인이 있다는 사실을 보여드리고 싶었습니다. 어려움을 겪더라도 소신을 가지고 할 말은 하고 할 일은 제대로 해온 정치인 박용진의 도전으로 한국정치의 희망을 말씀드리고 싶었습니다. 다르게 생각하는 발상전환의 정치로 답답한 정치를 확 바꾸겠습니다.

우리 청년들에게 희망을 이야기 하고 싶었습니다. 박용진이라는 계파도, 돈도, 빽도 없는 젊은 정치인의 도전 자체를 보여주고 싶었습니다. 불안하고 초조한 젊은 청년들이 박용진의 과감하면서도 어찌 보면 무모한 도전을 보면서 나도 한번 해보자는 자신감을 갖기를 바랐습니다. 무명가수가 자기의 힘으로 무대에 서고, 열정을 다해 자신의 노력과 준비된 실력을 발휘해 마침내 '이름'을 얻고 박수를 받는 것처럼 박용진의 도전이 보여지기를 희망했습니다. 자신의 노력, 열정, 실력이면 얼마든지 가능하다는 것을 증명해보고 싶었습니다.

20~30대 젊은 정치지망생들에게도 낡은 정치, 꼰대 정치로 숨 막

히게 답답한 한국 정치의 벽을 무너뜨리는 일을 함께 하자고 제안드립니다. 박용진이 한 단계 한 단계 성장하고 변화해 나가는 것과 우리 청년들의 희망의 크기가 비례할 수 있도록 몸부림치겠습니다. 함께해 주십시오.

　저의 도전은 거침없이 계속될 것입니다. 단순히 예비경선 통과라는 작은 혁명에 만족하는 것이 아니라 민주당 대선 후보로 선출되고 대선승리를 거두는 더 큰 정치혁명을 만들겠습니다. 민주당 경선에서의 대파란이 한국사회의 대전환으로 이어질 수 있도록 박용진이 앞장서겠습니다. 국민들과 청년들에게 희망과 자신감의 근거가 되겠습니다.
　열정적으로 본 경선에 임하겠습니다.
　핫한 경선, 민주당 역사상 가장 뜨거운 여름을 약속드립니다.

　감사합니다.

　민주당 대통령 경선 후보
　국회의원 박용진 드림

2부

한국정치의 세대교체에
앞장서겠습니다!

20대 대통령선거
더불어민주당 경선 연설문

대한민국의 미래를 책임지는 대통령이 되겠습니다

▶ 2021년 9월 4일
대전 · 충남 합동연설회 정견발표문

활짝 핀 장미꽃이 우리 정치인들과 기성세대의 잘못으로 벚꽃처럼 하루아침에 흩어져서야 되겠습니까!

후손들에게도 대한민국은 선진국이어야 하고 더 강한, 자랑스러운 나라여야 합니다. 그것이 우리가 오늘 선출해야 하는 대통령, 대한민국 지도자의 책임입니다. 미래를 이야기합시다! 오늘 하루 당장 박수 받고 표 얻을 생각만 하지맙시다! 무책임한 공약을 남발하고 다음 세대의 기회를 박탈하지 맙시다.

– 본문 중에서 –

존경하는 더불어민주당 당원 동지 여러분!

사랑하는 국민 여러분!

발상 전환의 정치, 새로운 길 박용진! 더불어민주당 대선 경선 후보 기호 5번 박용진입니다.

끝나지 않는 코로나 때문에 많이 힘드시리라 생각합니다. 살인적인 물가상승과 부동산 대란으로 몸도 마음도 지쳐 계실거라고 생각합니다. 모쪼록 우리가 서로를 격려하고 연대하며 기나긴 터널의 끝을 함께 헤쳐나갈 수 있었으면 좋겠습니다. 집권여당 민주당이 더 잘하겠습니다. 저도 더 노력하겠습니다.

대검에서 윤석열 후보의 청부 고발 의혹과 관련해서 진상조사를 하기로 했다고 합니다. 윤 후보께서는 정말 떳떳하다면 책임 있는 태도로 수사 의뢰하시고, 적극 해명하시기 바랍니다. 윤 후보가 검찰 권력을 이용해 고발을 사주하거나 정치개입을 하려고 했다는 의혹이 만에 하나 사실이라면, 사법적 처리 각오는 물론, 후보 사퇴를 통해 정치적 책임을 져야 할 것입니다.

수사권을 가지고 보복하면 그건 검사가 아니라 깡패이듯 검찰 권력을 이용해 사적 보복을 하려 한 일에 개입된 사람이 대한민국 대통령 후보가 될 자격이 없다는 것은 너무나 당연합니다.

국민 여러분, 대한민국은 이제 선진국입니다. 위대한 대한민국 국민들의 노고와 헌신 덕분에 어느새 당당한 일류국가가 되었습니다. 대한민국이 장미꽃처럼 활짝 피어난 것입니다.

그런데 활짝 핀 장미꽃이 우리 정치인들과 기성세대의 잘못으로 벚꽃처럼 하루아침에 흩어져서야 되겠습니까! 후손들에게도 대한민국은 선진국이어야 하고 더 강한, 자랑스러운 나라이어야 합니다.

그것이 우리가 오늘 선출해야 하는 대통령, 대한민국 지도자의 책임입니다.

미래를 이야기합시다! 오늘 하루 당장 박수 받고 표 얻을 생각만 하지맙시다! 무책임한 공약을 남발하고 다음 세대의 기회를 박탈하지 맙시다.

정치는 미래세대를 생각하고 내일을 준비해야 합니다. 선진국 대한민국이 지속 가능하도록 해야 합니다. 이것이 대통령이 되겠다는 사람들이 가져야 할 자세입니다.

벚꽃처럼 화려한 약속을 앞세워 오늘 하루를 즐기는 일에만 정신을 쏟으면 우리는 일본의 잃어버린 30년을 따라가게 될 것입니다. 지속가능하지 않은 공약, 재정을 밑도 끝도 없이 동원하려는 태도는 무책임합니다.

국가지도자가 되겠다는 사람이 대한민국의 지속가능성보다 오늘 당장의 표계산만 앞세우는 것은 정말 부끄러운 일입니다.

국가부채 1,000조원 시대로 국민들 걱정이 이만저만이 아닙니다. 서로 앞다퉈 나랏돈을 물 쓰듯 하는 공약을 남발할 때가 아닌 것입니다.

우리에게는 2, 30대 청년들과 우리 후손들에게도 장미꽃 향기 가득한 나라, 더 강한 선진국, 대한민국을 물려줘야 할 의무가 있습니다.

저는 지속가능하지 않은 공약, 미래세대에 무책임한 포퓰리즘 정책, 벚꽃처럼 오늘 하루 반짝 화려하고 말겠다는 정치인의 태도를 사쿠라의 길이라고 말하겠습니다. 일본의 잃어버린 30년을 따라가는 위험한 길로 대한민국과 우리 청년들의 미래를 몰아가서는 안됩니다.

차기 대한민국 대통령은 어떤 길을 개척해야 합니까?

사쿠라의 길입니까? 장미의 길입니까?

다시 후진국입니까? 선진강국 입니까?

과거입니까? 미래입니까?

누가 대한민국의 미래를 준비하고 책임지겠습니까?

박용진입니다!

오늘의 번영을 즐기기만 하는 것이 아니라 미래세대를 위한 더 큰 번영을 준비하겠습니다. 일본경제를 압도하고 한반도와 동북아시아 평화주도권을 행사하는 나라, 대한민국을 만들겠습니다. 바로 기호 5번 박용진이 국민 여러분과 함께 대한민국의 미래를 만들 적임자입니다!

민주당의 세대교체 대한민국의 시대교체, 한국정치의 새로운 주역으로 선택해 주십시오! 유능한 진보의 길, 미래를 준비하는 대통령이 되겠습니다.

우리 국민들은 민주당을 안보에 불안하고, 먹고사는 문제에 실력이 없고, 퍼주기 하는 포퓰리즘에 앞장서는 무능한 진보가 아니냐고 비판하고 걱정하고 있습니다. 저는 튼튼한 안보, 먹고사는 문제에 실력 있는 경제 능력, 지속 가능한 복지제도를 약속합니다. 이 세 가지가 민주당이 가야 할 유능한 진보의 길입니다.

미래를 생각하고, 대한민국의 확고한 발전을 만들기 위해 유능한 진보의 길을 가겠습니다. 중도개혁의 정치, 실사구시의 정책, 뉴DJ의 길을 가겠습니다.

20년전 초고속 인터넷 고속도로를 깔아 오늘날 정보화 강국 대한민국의 초석을 깔았고 북한의 무력도발을 용납하지 않겠다는 햇볕정책 1호 원칙을 확고히 지켜 한반도 평화의 길을 열었던 김대중 대통령의 길을 가겠습니다.

수출로만 먹고 사는 나라가 아니라 국가도 재테크를 통해 돈을 버는 나라, 나라도 부자로 국민도 부자로 만들어 국민자산 5억 성공시대를 여는 국부펀드 대통령이 되겠습니다.

바이미식스 대통령이 되겠습니다. 바이오헬스, 2·3차 전지, 미래차, 6G 등 미래 먹거리 산업을 육성하는 바이미식스 대통령이 되겠습니다.

후손들에게도 대한민국은 선진국이어야 하고 더 강한,

자랑스러운 나라여야 합니다.

그것이 우리가 오늘 선출해야 하는 대통령,

대한민국 지도자의 책임입니다

국민 여러분, 당원 동지 여러분, 박용진은 한다면 해내는 사람입니다. 한유총 기득권 세력에 맞서 우리 아이들을 위해 유치원 3법을 통과시켰습니다. 민주당이라서 가능했던 성과였습니다.

재벌총수의 불법과 반칙에 맞서 법과 정의를 지키기 위해 망설임 없이 싸웠습니다. 거대 대기업의 자동차 제작결함 문제를 방관하지 않고 5년간 끈질기게 노력해서 리콜과 무상 수리 조치를 얻어냈습니다.

또한, 불공정한 주식시장의 공매도 제도 개선을 추진했습니다. 오직 국민의 더 나은 삶을 위해 노력했고, 당 안팎으로 유능함을 인정받았습니다. 소신 있는 정치로 중도 확장성을 가장 폭넓게 가지고 있습니다.

이제 젊고 유능한 진보 박용진이 행복한 대한민국을 만들겠습니다. 8시간 일하고, 8시간 쉬고, 8시간은 나를 위해 쓰는 '8·8·8 사회'를 만들겠습니다.

내 집 마련, 내 차 마련, 아이들 교육, 가족의 건강, 든든한 노후 자산. 우리 국민의 이 소박한 다섯가지 소망을 책임질 수 없다면 그건 진보가 아닙니다. 국민의 꿈을 뒷받침 하지 못하는 정부는 정부가 아닙니다.

이 다섯가지 소박한 소망은 우리 부모 세대의 꿈이자 우리 세대의 꿈이었고, 대한민국은 그걸 이루어왔던 나라입니다.

대한민국 2, 30대 청년들과 우리 후손들도 이 다섯 가지 소박한 꿈이 당연히 실현될 수 있는 나라 그런 나라에서 살게 해야 합니다.

국민의 소박한 꿈이 실현되는 나라 저는 그러한 대한민국을 만들 겠습니다. 그걸 만드는 것이 유능한 진보이고 박용진이 발상전환의 정치를 통해 여러분과 함께 걸어가고자 하는 새로운 길입니다.

사랑하는 당원 동지 여러분, 국민 여러분!

저는 김대중의 40대 기수론 이후 두 번째 정치혁명을, 노무현 돌풍 이후 두 번째 한국 정치의 대파란을 여러분과 함께 만들어 가고 싶습니다. 문재인 정부의 성과를 이어 우리 시대 과제를 제대로 완수하겠습니다.

본선에서 불안한 후보로는 이길 수 없습니다. 국민에게 그저 그런 후보로는 승리할수 없습니다. 뻔한 인물, 뻔한 구도, 뻔한 주장으로 가면 우리는 뻔하게 질 수 있습니다. 새로운 인물, 새로운 비전과 가치, 박용진이 후보가 되어야 민주당이 승리합니다.

저는 국민이 바라는 변화를 실행하겠습니다. 지속 가능한 성장 정책을 제시하고 3, 40대 젊은 세대와 함께 박용진 정부를 청년정부로 구성하겠습니다. 남녀동수 내각을 구성해 새로운 시대가 왔음을 보여드리겠습니다.

캠프에 줄만 잘 서면 한자리씩 나눠먹는 낡은 권력이 아니라 진영을 아우르는 통합정부로 대한민국의 50년, 100년의 기틀을 다지는 미래 권력을 책임지겠습니다.

미래세대를 위한 연금개혁, 노동개혁, 교육개혁을 해내겠습니다. 비록 오늘 정치적으로 손해를 보고 욕을 먹고, 비난을 받더라도 대한민국 미래를 위해 할말은 하고 할 일은 하겠습니다.

변화의 새바람이 불어옵니다. 민주당이 변화합니다. 대한민국이 달라질 것입니다. 한국정치의 세대교체, 대한민국 시대교체를 만들어 내겠습니다.

박용진은 다음이 아닌 지금입니다. 반드시 이길 후보 박용진을 민주당의 대선 주자로 선택해 주십시오. 끝까지 최선을 다하겠습니다.

감사합니다.

유능한 진보의 길,
미래를 준비하는 대통령이 되겠습니다

▶ 2021년 9월 5일
세종 · 충북 합동연설회 정견발표문

저는 새로운 사회를 만들기 위해 대화할 준비가 되어있는 정치 지도자이고자
합니다. 우리 노동운동 지도자들도 그럴 준비가 되어 계십니까?

담장 안, 단위 노조의 테두리에 갇히지 말고 전국적으로 적극 연대하고 청
년 노동자들과 새로운 형태의 노동자들을 보호하여, 한국 사회의 변화를 선
도해 주십시오. 오늘의 기득권을 지키기 위해 변화를 거부하지 않기를 당부
드립니다.

– 본문 중에서 –

존경하는 더불어민주당 당원 동지 여러분!

사랑하는 국민 여러분!

발상 전환의 정치, 새로운 길 박용진! 더불어민주당 대선 경선 후보 기호 5번 박용진입니다.

어제 대전·충남에서 민주당 당원 동지 여러분들의 변화에 대한 열망을 확인할 수 있었습니다. 저 박용진이 우리 국민과 당원 동지 여러분들의 미래세대를 위한 변화의 요구를 반드시 담아내겠습니다.

더 나아가서는 김대중의 40대 기수론 이후 두 번째 정치혁명을, 노무현 돌풍 이후 두 번째 한국 정치의 대파란을 만들어 보겠습니다. 미래를 위한 투자. 변화의 시작. 박용진에게 압도적인 지지를 보내주시기를 부탁드립니다.

저는 국민이 바라는 변화를 실행하겠습니다. 지속가능한 성장 정책을 제시하고 10명 안팎의 3, 40대 젊은 세대를 입각시켜 박용진 정부를 '청년 정부'로 구성하겠습니다. 남녀동수 내각을 구성해 새로운 시대가 왔음을 보여드리겠습니다.

캠프에 줄만 잘 서면 한자리씩 나눠먹는 낡은 권력이 아니라 진영을 아우르는 통합정부로 대한민국의 50년, 100년 기틀을 다지는 미래권력을 책임지겠습니다.

미래세대를 위한 연금개혁, 노동개혁, 교육개혁을 해내겠습니다. 국민연금의 개혁, 공무원 연금과의 통합, 연공서열 중심에서 직무급제로의 전환, 제대로 된 교원평가제 실시로 무능하고 문제 있는 교원퇴출이 가능하도록 하겠습니다.

다들 반발합니다. 어느 것 하나 쉬운 일이 없습니다. 이런 제안을 했다고 관련 단체에서는 벌써 욕도 많이 먹습니다. 그러나 대통령은 대한민국의 미래를 위해 살아야 하는 사람입니다. 그래서 오늘 욕먹고, 비난받고, 지지율 손해를 보더라도 오늘 해야할 일을 내일로 미뤄서는 안 됩니다.

오늘 박수받기 위해 미래세대를 희생시키면 안 되고 대한민국이 앞으로도 선진강국이 될 수 있도록 국민들에게 호소하고 리더십을 발휘할 수 있는 정직한 소신과 용기를 가진 사람이어야 합니다.

노동계에도 제안합니다. 대공장, 정규직, 고임금 노동자만을 위한 노동운동이 아닌 노동조합조차 없는 90% 노동자들을 위한 노동운동, 플랫폼 노동자들, 초단기 노동자들 등 새로운 노동형태의 종사자들을 포괄하기 위해 노력하는 노동운동이 되어야 합니다.

70년 넘은 낡은 근로기준법을 바꾸는 일, 공무원, 교사 등 고용이 보장되어 고용보험 가입이 필요없지만 고용보험이 절실하게 요구되는 비정규직, 배달 라이더들과 플랫폼 노동 종사자 등 사회적 약자들을 보호하기 위해 공무원, 교사의 고용보험 가입을 선제적으로 제안하는 일 등 한국사회의 기본 틀을 바꾸기 위한 리더의 역할을 해주십시오.

오늘의 기득권을 지키기 위해
변화를 거부하지 않기를 당부드립니다.

저는 노동운동을 지원하다가 세 번이나 감옥에 다녀온 사람입니다. 민주노총을 비롯해 우리 사회의 노동운동 세력이 한국 사회의 선도적 역할을 해줄 것을 믿어 의심치 않았기 때문에 지금까지도 옥고를 치른 일을 놓고 후회한 적이 없습니다. 아니 사실은 두 번 가슴이 무너졌습니다. 한 번은 2005년 기아차 노조 간부들이 돈을 받고 취업비리를 저질렀다는 뉴스를 들었을 때입니다. 정작 나는 가족을 위해 돈 한 푼 벌어다 주지 못하면서 몇 년씩 감옥살이를 하는데, 노동운동가들이 취업비리를 저질렀다는 이야기를 듣고 속으로 울었습니다.

그리고 이번에 택배 대리점주의 극단적인 선택과 관련한 소식을 듣고 어쩌다가 민주노총이 또 다른 약자 위에 군림하는 세력이 됐나 싶어 가슴이 무너졌습니다. 이런 식의 노동운동에 화가 치밀고 정말 부끄럽습니다.

우리는 전태일 정신을 따르겠다고 하지 않았습니까? 전태일 열사는 배고픈 어린 여공들을 위해 자기 차비를 털어 풀빵을 사주고 자기는 청계천에서 창동까지 밤길을 걸어갔던 사람입니다. 자기는 더 약한 사람들을 위해 결국 자기의 목숨까지 내놓았던 사람입니다.

전태일 정신을 따른다면, 지금 노동조합조차 없는 사람들, 근로기준법의 적용과 보호조차 못 받는 사람들 고용불안과 산재위험에 방치된 열악한 현장의 노동자들, 급격한 산업변화로 노동자인지 조차 불분명한 사각지대에 놓인 사람들을 보호하고, 그들의 권리를 먼저 고민하는 노동운동이어야 합니다.

저는 그렇게 하기 위해 사회적 대화, 정치적 타협에 적극 나서겠습니다. 박용진 정부는 대한민국의 오늘을 반영하되 미래를 준비하는 적극적 대화 노선을 걷겠습니다.

민주노총도 대화 테이블을 박차고 나가고 총파업만 부르짖으면서 스스로 정치적 영향력을 축소시키는 일은 이제 그만했으면 좋겠습니다. 사회적 책임을 져버린 투쟁조끼가 노동자의 이익을 지켜주지 못합니다. 정치적 영향력을 져버린 투쟁의 머리띠가 민주노총의 권위와 국민적 신뢰를 묶어주지 않습니다. 전태일의 풀빵 정신으로 돌아가야 민주노총과 노동운동의 권위와 신뢰가 살아납니다.

저는 새로운 사회를 만들기 위해 대화할 준비가 되어있는 정치지도자이고자 합니다. 우리 노동운동 지도자들도 그럴 준비가 되어 계십니까?

담장 안, 단위 노조의 테두리에 갇히지 말고 전국적으로 적극 연대하고 청년 노동자들과 새로운 형태의 노동자들을 보호하여, 한국 사회의 변화를 선도해 주십시오. 오늘의 기득권을 지키기 위해 변화를 거부하지 않기를 당부드립니다.

이 자리에 계신 대선주자들과 동료 정치인들에게도 말씀드립니다. 우리 미래를 이야기합시다! 오늘 하루 당장 박수받고 표 얻을 생각만 하지 맙시다!

무책임한 공약을 남발하고 다음 세대의 기회를 박탈하지 말아야 합니다. 지속가능하지 않은 공약, 재정을 밑도 끝도 없이 동원하려는 태도는 무책임 그 자체입니다. 국가부채 1,000조원 시대에 국민들 걱정이 큽니다.

그런데 우리 민주당 대선주자들은 서로 앞다퉈 나랏돈을 물 쓰듯 하는 공약을 남발하고 있습니다. 대학 미진학자에게 1천만원 주겠다, 세금으로. 군 제대한 청년에게 3천만원 주겠다, 세금으로. 스무살 된 청년에게 1억원씩 주겠다, 세금으로.

청년들을 위한 공약이라지만 그 청년들의 미래 등골을 빼먹는 무서운 공약 아닙니까? 이런 정책이 지속가능합니까? 벚꽃처럼 오늘 반짝 화려하고 다 털어먹는 대한민국이 아니라 2030 청년들과 우리 후손들에게도 장미꽃 향기 가득한 대한민국을 만들어 물려줘야 하지 않겠습니까?

저는 오늘의 번영을 즐기기만 하는 것이 아니라 미래세대를 위한 더 큰 번영을 준비하겠습니다. 강력한 경제성장 정책으로 일본 경제를 압도하고 한반도와 동북아시아 평화 주도권을 행사하는 나라, 대한민국을 만들겠습니다.

민주당의 세대교체, 대한민국의 시대교체를 만들어가는 유능한 진보의 길, 미래를 준비하는 대통령이 되겠습니다. 튼튼한 안보,

실력있는 경제능력, 지속가능한 복지제도를 약속합니다. 이 세 가지가 민주당이 가야 할 유능한 진보의 길입니다. 중도개혁의 정치, 실사구시의 정책, 뉴DJ의 길을 걷겠습니다.

20년 전 초고속인터넷 고속도로를 깔아 오늘날 정보화 강국 대한민국의 초석을 만들고, 북한의 무력도발을 용납하지 않겠다는 햇볕정책 1호 원칙을 확고하게 지켜서 한반도 평화의 길을 열었던 김대중 대통령의 길을 가겠습니다.

수출로만 먹고 사는 나라가 아니라 국가도 재테크를 통해 돈을 버는 나라, 나라도 부자로, 국민도 부자로 만들어 국민자산 5억 성공시대를 여는 국부펀드 대통령이 되겠습니다. 내 집 마련, 내 차 마련, 아이들 교육, 가족의 건강, 든든한 노후자산, 우리 국민의 5가지 소망을 책임지겠습니다.

뻔한 인물, 뻔한 구도, 뻔한 주장으로 가면 우리는 뻔하게 질 수밖에 없습니다. 새로운 인물, 새로운 비전과 가치, 박용진이 후보가 되어야 우리 민주당이 승리할 수 있습니다.

박용진은 다음이 아닌 지금입니다. 반드시 이길 후보 박용진을 민주당의 대선주자로 뽑아주십시오. 끝까지 최선을 다하겠습니다.

감사합니다.

박용진이 교육혁명 대통령이 되겠습니다!

▶ 2021년 9월 11일
대구 · 경북 합동연설회 정견발표문

부자집 아이 다시 부자가 되고, 가난한 집 아이 가난을 대물림하게 되는 나라. 판검사 집 아이가 다시 판검사가 되고, 의사 아들 딸, 다시 의사되는데 어떤 아이들은 꿈에 도전할 기회조차 갖지 못하는 나라. 이런 나라에 어떻게 희망이 있을 수 있습니까?

- 본문 중에서 -

존경하는 더불어민주당 당원 동지 여러분!

사랑하는 국민 여러분!

대구경북지역 시도민 여러분 안녕하십니까?

기호 5번 박용진입니다.

여러분 혹시 유럽에 가보셨습니까? 혹은 방송국의 해외여행 프로그램의 유럽 중소도시 소개 영상을 보신 적 있으세요? 유럽의 도시들은 성당이나 교회를 중심으로 마을을 형성합니다. 그리고 그 앞에 광장을 만들고 교회 맞은편에 시청 같은 행정관청을 두지요. 유럽 사람들에게는 신과 종교가 중심입니다.

그런데 우리 대한민국 사람들은 어떤가요? 우리들은 새로 마을을 만들 때 학교를 중심에 둡니다. 학교를 중심으로 마을이 형성되고 공동체가 유지되지요. 다들 기억하실겁니다. 초등학교 가을 대운동회가 열리면 온 마을 사람들이, 할아버지 할머니, 엄마 아빠까지 다들 모여서 흥겨운 하루를 보내던 곳이 바로 학교 운동장이었죠.

지금도 재개발·재건축으로 아파트 대단지를 만들면 교육부지를 내놓게 되어있을 정도로 대한민국 국민들에게 학교는 중요합니다. 교육은 우리 민족의 중심입니다. 우리는 교육민족입니다. 일본에 나라를 빼앗겨도 마지막까지 학교를 지키고 우리말을 지키려 했고, 학교를 세워 독립운동을 전개했던 민족입니다.

광복 이후에도 우리는 제헌헌법에서부터 "적어도 초등교육은 의무적이며 무상으로 한다"는 원칙을 세웠습니다. 우리는 가난하고 힘든 시기에도 아이들을 교육시켜 왔습니다. 지금의 대한민국을 만든 것도 바로 교육이었습니다.

그런데 지금 우리 사회의 중심이 흔들리고 있습니다. 교육이 미래세대를 가르치고 길러, 우리사회 중심을 잡아가는 역할을 제대로 못하고 있습니다. 교육이 부와 신분의 대물림, 기회의 불평등, 사회적 양극화의 원천이 되고 있고, 사회적 원성과 저주의 생산지가 되고 있습니다. 교육이 흔들립니다. 우리 사회 뿌리가 흔들리고 있습니다.

누군가 부모찬스로 노력하는 다른 이를 앞지르게 되었을 때, 그것도 능력이라며 우리 아이들을 조롱할 때, 교육은 이미 무너진 겁니다. 내 자식이 왜 아빠는, 엄마는 나한테 그런 기회를 못 만들어줬느냐고, 나는 왜 이것밖에 안 되느냐고 축쳐진 어깨로 낙담할 때, 그 말을 듣는 부모의 마음이 무너질 때, 기회를 얻지 못한 청년들의 마음이 무너질 때, 대한민국 교육은 무너진 것입니다.

부자집 아이 다시 부자가 되고, 가난한 집 아이 가난을 대물림하게 되는 나라. 판검사 집 아이가 다시 판검사가 되고, 의사 아들 딸, 다시 의사되는데 어떤 아이들은 꿈에 도전할 기회조차 갖지 못하는 나라. 이런 나라에 어떻게 희망이 있을 수 있습니까?

어렵더라도 교육혁명이라는 절대적 과제 앞에

망설이지 말아야 합니다. (동탄유치원 학부모 간담회)

교육이 부의 대물림, 불평등의 증폭기가 아닌 계층이동의 사다리, 사회양극화 해소를 위한 공정과 기회의 디딤돌이 되어야 합니다. 교육이 다시 우리 사회의 아름다운 중심이 되어야 합니다.

오늘날 국민들께서 교육과 세상에 바라는 것은 단순합니다. 학교가 아이들을 포기하지 않고, 교육이 공정과 기회의 출발점이 되는 세상. 개인의 취업은 쉬워지고, 기업은 원하는 인재를 채용할 수 있는 세상을 바라십니다. 부모찬스가 아니라 정정당당한 실력으로 평가받는 나라, 부모의 돈과 연줄로 산 스펙이 아니라, 단순하고 투명한 입시기준이 지켜지는 공정한 나라를 원하고 계십니다.

사실, 국민들께서 바라시는 이 당연한 상식을 이루려고 해도 가히 혁명이 필요한 시대입니다. 그 혁명 제가 하겠습니다.

박용진이 교육혁명 대통령이 되겠습니다. 교육의 사회적 기능인 불평등 척결에 앞장서겠습니다. 시대에 뒤쳐져 아이들을 가르치기에 너무 낡아버린 교육시스템을 혁신하겠습니다! 세상의 변화를 선도할 수 있도록 교육 내용을 확 바꾸겠습니다.

우리 교육이 당면한 과제는 크게 3가지입니다.

하나는 교육현장의 기본을 갖추는 일입니다. 오래된 과제인 사학개혁을 추진하고, 입시를 공정하게 관리하는 〈입시공정감독원〉을 설치하겠습니다. 사학개혁문제는 기득권 세력의 어떠한 저항에도 굴하지 않고 반드시 그 벽을 무너뜨리겠습니다. 또, <입시공정감독원>을 신설해 입시의 전 과정이 객관적이고 투명하게 공개될 수 있도록 하고, 부실한 주관적 판단을 넘어 누구나 승복할 수 있는 객관적 평가가 이루어질 수 있도록 기준을 세우겠습니다. 입시비리를 비롯해 교육현장의 각종 비리는 일체의 관용을 배제하고 엄벌에 처할 것입니다.

둘째, 아이들에게 양질의 수업을 제공하겠습니다. 기초학력보장제를 전면 확대 실시하고, 교원평가제를 통해 부적격 교사를 퇴출할 수 있도록 해 교사들은 자부심을, 학생들은 존경심을 가질 수 있도록 하겠습니다. 포기되거나 포기하는 아이들이 없는 학교, 학교와 교육이 도전의 디딤돌이 되는 세상을 만들겠습니다.

셋째, 대학교육의 혁신과 취업보장을 위한 확실한 대책을 마련하겠습니다. 교육은 미래지향적이어야 합니다. 자동차가 달리는 시대라면 마차 대신 자동차를 가르쳐야 합니다. 전기차가 달리는 세상에서 배터리 대신 내연엔진을 가르친다면 그 교육은 틀린 것입니다.

4차 산업혁명 분야는 지금 구인난입니다. 이 분야에 필요한 인재를 길러내는 대학이 절대적으로 필요합니다. 포항공대, 한전공대를 넘어 삼성공대, 현대공대, LG공대 같은 미래산업을 위한 인재양성 대학이 필요합니다. 저는 기업이 필요한 인재를 키우는 기업

연계형 전공설계로 졸업 후 바로 취업을 보장하는 계약학과를 전면 확대하겠습니다.

나아가 취업보장 대학을 넘어 창업보장 대학을 만들겠습니다. 대학이 기업을 만들고 일자리를 만들 수 있는 환경을 조성하겠습니다. 대학의 연구가 특허가 되고, 벤처가 되고, 유니콘 기업이 되는 혁신 클러스터로 대학을 변모시키겠습니다.

우리 앞에는 지금 당장 해결해야 할 일들이 너무 많습니다. 어렵더라도 교육혁명이라는 절대적 과제 앞에 망설이지 말아야 합니다. 민주당이 이 새로운 변화에 주역이 되어야 합니다. 제가 앞장서겠습니다.

박용진은 정치의 세대교체 대한민국의 시대교체를 만들어가는 유능한 진보의 길, 미래를 준비하는 대통령이 되겠습니다.

중도개혁의 정치, 실사구시의 정책, 뉴DJ의 길을 걷겠습니다.

내 집 마련, 내 차 마련, 아이들 교육, 가족의 건강, 든든한 노후자산. 우리 국민의 다섯 가지 소망을 책임지겠습니다.

뻔한 인물, 뻔한 구도, 뻔한 주장으로 가면 우리는 뻔하게 질 수밖에 없습니다. 새로운 인물, 새로운 비전과 가치, 박용진이 민주당의 후보가 되어야 우리 민주당이 승리할 수 있습니다.

박용진은 다음이 아닌 지금입니다. 반드시 이길 후보 박용진을,

든든한 민주당의 후보, 박용진을 대선 주자로 선택해 주십시오. 끝까지 최선을 다하겠습니다.

내일은 연금개혁에 대해 국민 여러분과 당원 동지들에게 제 의지와 공약을 담아 연설하려고 합니다. 앞으로도 계속되는 합동연설회 9분 동안의 기회를 통해 대한민국의 미래를 위한 오늘의 과제와 박용진의 각오를 말씀드리려 합니다. 귀 기울여 주시고 함께해주십시오. 꼭 지지해 주십시오!

감사합니다.

나중 일이라고 모르쇠 할 겁니까?
'연금개혁' 박용진이 앞장서겠습니다!

▶ 2021년 9월 12일
강원 합동연설회 정견발표문

표에 손해 되는 말이나 정치적으로 부담되는 일은 피하려고 해서는 안 됩니다. 쓰면 뱉고 달면 삼키는 얄팍한 정치는 대통령의 정치가 아닙니다.

뒷감당은 국민이 하고 있는 돈과 국민 세금 물 쓰듯 쓰기만 하는 것은 양심 없는 정치입니다. 오늘의 번영을 즐기기만 하고 미래세대에 무책임한 정치는 안 됩니다. 미래세대 등골 빼먹는 선심성 공약은 남발하는데 미래를 위해 오늘 해야 할 일을 외면하는 것은 비겁한 정치입니다. 국민들께서 불편해하고 싫어하더라도 할 일은 해야 하는 자리가 바로 대통령입니다.

— 본문 중에서 —

존경하는 더불어민주당 당원 동지 여러분!

사랑하는 국민 여러분! 강원도민 여러분, 반갑습니다.

발상 전환의 정치, 새로운 길 기호 5번 박용진입니다.

오늘은 말씀드린대로 연금개혁이라는 뜨거운 감자에 대해 이야기 드리려고 합니다. 오늘 제가 연금이야기를 하겠다고 하니 다들 기겁을 하고 말립니다. 당선될 생각이 없냐? 선거 포기한 거냐는 겁니다.

아닙니다. 저도 대통령이 되고 싶어 이 이야기를 하기로 했습니다. 대통령은 '책임있고 정직한 정치인'이어야 하기 때문입니다. 우리 중 누가 차기 대통령이 되더라도 임기 중 매년 10조원이 넘는 돈을 공적연금에 투입해야 합니다.

이재명 후보는 자기 임기 안에 120조원의 세금을 기본소득으로 나눠주겠다고 꿀맛같은 약속은 했지만 다음 대통령 임기 안에 4대 공적연금에 세금이 매년 10조원씩 들어가야 하는 쑥과 마늘같은 쓰디 쓴 연금개혁에 대해서는 외면하고 있습니다.

연금개혁을 하지 못하면 장기적으로 수십조원의 세금이 더 들어가야 합니다. 2050년에는 공무원연금 17조 2천억원, 군인연금 4조 2천억원, 사학연금 2조 5천억원 수준으로 적자규모가 늘어난다고 합니다.

30년 뒤 이야기라고 손놓고 계실겁니까? 게다가 국민연금은 2057년에 고갈이 예상됩니다. 지금 청년들은 국민연금을 붓고 돌려 받지 못할까 불안해 합니다. 대통령 임기는 5년, 국회의원 임기는 4년이니까 나중 일이라고 생각하고 모르쇠하실 겁니까? 전 그래서는 안된다고 생각합니다.

저는 하겠습니다. 박용진은 오늘의 문제를 외면하지 않겠습니다. 제가 하겠습니다. 박용진은 내일의 예고된 파탄을 손 놓고 구경하지 않겠습니다. 누군가 해야 할 일, 누군가 짊어져야 할 일입니다. 그 '누군가'가 바로 대통령입니다.

두렵지만 그 자리에 박용진이 서겠습니다. 책임있고 정직한 정치인, 대한민국 대통령이 되겠습니다. 대통령으로 꿀맛 같은 영광과 박수만 누리고 짊어지고 견뎌야 할 쓰디 쓴 책임은 외면하겠다면 그 사람은 대통령의 자격이 없습니다.

박용진은 할 말은 하고 할 일은 해왔습니다. 유치원 3법 때도, 재벌개혁에 앞장설 때도, 삼성총수 일가의 불법과 반칙 특혜에 맞설 때도 할 말은 하고, 할 일은 분명히 했습니다. 정치적 손익을 따지지 않았습니다. 대통령이 되어서도 그렇게 하겠습니다. 대한민국의 지속가능한 미래, 우리 국민들의 삶을 책임지겠습니다.

아까 소개 영상 보니 1위 주자 이재명 후보님도 할 말은 하고 할 일은 한다고 하셨습니다. 그런데 혹시 이재명 후보님은 표 되는 말만 하고 정치적으로 이득 되는 일만 하시려는 게 아닙니까?

표에 손해 되는 말이나 정치적으로 부담되는 일은 피하려고 해서는 안 됩니다. 쓰면 뱉고 달면 삼키는 얄팍한 정치는 대통령의 정치가 아닙니다. 뒷감당은 국민이 하고 있는 돈과 국민 세금 물 쓰듯 쓰기만 하는 것은 양심 없는 정치입니다. 오늘의 번영을 즐기기만 하고 미래세대에 무책임한 정치는 안 됩니다.

미래세대 등골 빼먹는 선심성 공약은 남발하는데 미래를 위해 오늘 해야 할 일을 외면하는 것은 비겁한 정치입니다. 국민들께서 불편해하고 싫어하더라도 할 일은 해야 하는 자리가 바로 대통령입니다.

온 국민 태우고 가는 배에 물이 새고 있는데 배를 수리하고 고쳐 안전하게 끌고 갈 생각보다는 선상 파티를 열어 인기만 얻고 박수만 받으려 한다면 그런 선장을 어떻게 믿을 수 있겠습니까?

저는 나라의 지속가능성을 만들고 국민을 안심시키겠습니다. 그것이 대통령의 역할이고 대통령 후보들의 약속이어야 합니다.

저는 연금개혁의 3가지 방향을 제시합니다.
1. 연금고갈시점을 늦추고
2. 〈연금통합추진법〉을 만들고
3. 패키지딜을 추진하겠습니다.

박용진은 내일의 예고된 파탄을 손 놓고 구경하지 않겠습니다.

누군가 해야 할 일, 누군가 짊어져야 할 일입니다.

그 '누군가'가 바로 대통령입니다.

먼저, 국부펀드를 통해 연금고갈 시점을 늦추겠습니다. 국회예
산정책처에 따르면 국민연금 1% 수익률이 높아질 때 고갈시점은
6년 미룰 수 있습니다.

저는 나라도 부자로, 국민도 부자로! 국가가 수출로만 먹고 사
는 게 아니라, 재테크로 국가의 자산을 키우는 '국부펀드전략'을 공
약했습니다.

국민연금을 포함한 각종 연기금 60여개의 여유자금을 통합운용
해 연 7%의 수익률로, 국민연금의 고갈시기를 10년 이상 연장시
켜 사회적 합의를 위한 시간을 확보하겠습니다. 당연히 수익률의
증가로 각종 연기금에 들어갈 국민의 세금도 줄고 재정도 탄탄해
질 것입니다.

둘째, <연금통합추진법>을 제정해서 정치적 합의와 사회적 합
의의 로드맵을 만들어 내겠습니다. 대통령의 임기는 겨우 5년이지
만, 그 5년 동안 내린 결정과 사업은 대한민국의 수십년을 좌지우
지 합니다

김대중 정부가 시작한 초고속인터넷 고속도로 덕분에 오늘날 우
리가 정보화 강국의 지위를 누리고 있고, 김대중 정부가 도입 결정
한 최신예 국산 전투기 개발 사업이 문재인 정부의 KF-21 보라매
로 결실을 맺고 있습니다.

연금개혁의 방향과 단계를 정하고 사회적 합의의 절차와 방향을
담은 <연금통합추진법>을 제정해서 미래를 위한 연금개혁의 국

민적 의지를 분명히 하겠습니다.

셋째, 공무원연금의 개혁과 공무원들의 요구안인 노동3권 보장, 정치적 자유 보장을 패키지딜로 논의해 합의를 만들어 내겠습니다. 공무원연금의 개혁과 국민연금과의 통합에 무조건 공무원들의 희생과 양보만 이야기할 수 없습니다. 국제적 기준에 미치지 못하는 공무원의 노동3권 보장, 정치적 참여의 권리를 회복하기 위한 사회적 논의를 함께 올려놓고 가야 합니다. 제 생각과 방식만 고집하지 않겠습니다.

사회적 합의를 위해 정부와 시민사회 관련 단체와 정치권의 지혜를 한 데 모으겠습니다. 연금개혁을 하려면 지금의 기성세대인 이른바 586세대의 양보와 헌신이 필요할 것입니다. 저는 586세대를 우리 역사에서 사회연대감이 가장 높았고, 사회적 진보를 열망하던 세대로 기억합니다. 그런데 지금 586 세대가 앞장서 만든 세상은 어떻습니까?

우리는 연대보다는 각자도생의 시대를 보내고 있습니다. 자녀교육, 부동산 문제 앞에서 흩어지고, 각자가 쌓아온 작은 성안에서 기득권을 강화하고 있습니다. 내로남불이라고 욕먹고, 위선적이라고 비판받고 있습니다.

586세대들이 민주화를 부르짖고, 고도성장으로 희망을 갖고 사회출발을 시작하던 그 나이 또래 지금의 청년들은 현재 정규직과 비정규직, 비정규직과 실업을 오가며 저임금에 불안정한 생활을 하고 있습니다. 평생 안정된 직장을 누리고, 고임금을 받아왔던 586 부모세대와는 전혀 다른 삶을 살고 있습니다. 이런 청년들이 586 부모세대의 연금 적자를 보전하기 위해, 자기 소득의 상당 부분을 부담하게 하는 것은 공정하지 못합니다. 미래세대의 등골을 빼먹는 일입니다.

저는 누군가 말을 꺼내고 앞장서면 대한민국의 586세대, 기성세대들은 후배세대, 자녀세대인 청년들을 위해 마음을 열고 사회적 타협에 나서실 것이라고 믿고 있습니다. 여전히 사회 진보에 대한 열망을 갖고 있고 사회적 연대의 가치를 잘 알고 있는 586 기성세대에게 우리 자녀세대를 위해, 청년들을 위한 연대와 헌신을 요청드립니다. 군부독재 타도보다 어렵고 험난한 길이지만 함께해 주시리라 믿습니다. 부족하지만 그 일에 이번엔 제가 앞장서겠습니다. 욕도 먹고 손해도 감수하겠습니다.

박용진은 민주당의 세대교체, 대한민국의 시대교체를 만들어가는 유능한 진보의 길, 미래를 준비하는 대통령이 되겠습니다.

민주당 박용진은 다음이 아닌 지금입니다. 민주당의 미래, 대한민국의 미래에 힘을 보태주십시오. 박용진을 선택해주십시오. 끝까지 최선을 다하겠습니다.

감사합니다.

박용진이 유능한 진보의 길,
뉴(New) DJ의 길을 가겠습니다!

▶ 2021년 9월 25일
광주 · 전남 합동연설회 정견발표문

광주 · 전남지역에서의 연설이라 김대중 전 대통령에 대해 이야기했습니다. 김대중 정권에 대한 정책적 평가 기반으로 발상전환의 정치를 선언한 연설문이기도 합니다. DJ 정부의 정책들을 하나하나 열거하고 평가했는데 권노갑 고문을 비롯해 당의 원로들께서 유심히 들었다는 격려 말씀을 해주셨습니다.

존경하는 더불어민주당 당원 동지 여러분!

사랑하는 국민 여러분! 광주전남지역 시도민 여러분,

안녕하십니까?

기호 5번 박용진입니다.

여러분, 혹시 〈내외문제연구소〉를 아십니까? 김대중 대통령이 정책을 연구하기 위해 만든 개인 연구소입니다. 요즘에야 정치인들이 세운 포럼이나 각종 연구단체가 많지만, 당시로는 최초였습니다. 정치인 김대중은 연구하고 공부하는 정치인의 전형을 세운 것입니다.

71년 40대 기수론의 주역 김대중 후보의 대선 캠페인은 '나 40대요, 나를 뽑아주시오'가 아니었습니다. 남북 유엔 동시가입, 향토예비군 제도 폐지, 사치세 부유세 도입을 통한 사회 양극화의 해소를 내걸었습니다.

당시로는 상당히 파격적인 주장이었고, 색깔론 공격을 각오해야했지만 그래도 국민을 위해 김대중 후보는 용기를 낸 것입니다. 전혀 다른 정치인, 새로운 정치인이었습니다. 많은 어려움에도 불구하고 멈추지 않고, 대한민국의 미래를 이야기했습니다. 그래서 오늘날 대한민국의 미래를 바꾼 국민들에게 가장 존경받는 정치인이 되었습니다.

그런데 김대중 정신을 잇겠다는 지금 우리의 모습은 어떻습니까? 진보주의자라면, 새로운 고민을 하고, 다르게 생각해보는 끊임없는 발상전환을 해야 하지 않겠습니까? 우리가 DJ의 후예라면, 제도를 설계하고 제안할 때 재정의 뒷받침은 가능한지, 그 제도가 지속가능한 건지 따져봐야 하지 않겠습니까?

관성처럼 정책에 '무상'자 붙이고, '보편'자 붙이면 다 복지제도인 것처럼 생각하고 있지는 않습니까? 세금 많이 걷어 펑펑 나눠주는 것이 진보적이라고 착각하고 있는 것은 아닙니까? 그건 낡은 생각입니다. 일본의 잃어버린 30년을 따라가는 길입니다. 변화하려하지 않고 익숙한 길만 따라가는 것은 진보의 탈을 쓴 게으름일 뿐입니다.

지금 우리에게는 10년 전 무상급식 승리에 안주하는 낡고 익숙한 이야기들의 변주가 아니라, 선진국에 들어선 대한민국, 미국과 4차산업혁명의 동등한 파트너로 손을 움켜잡은 대한민국에 걸맞는 발상전환의 정치가 필요합니다.

다시 성장을 이야기하고, 대한민국의 번영을 약속하는 정치, 대한민국의 오늘의 번영을 다음 세대에게도 물려줄 수 있는 지속가능한 제도를 설계해야 합니다. 그것이 우리가 가야 할 길입니다.

청년 김대중 박용진이 유능한 진보의 길, 뉴DJ의 길을 가겠습니다.

2030 미래세대를 위한 연금개혁, 노동개혁, 교육개혁에 앞장서겠습니다. 당장의 표 계산만 앞세워 달콤한 이야기만 하는 것이 아

니라 청년세대와 대한민국의 미래를 위해 쑥과 마늘같은 쓰디쓴 말씀도 드리겠습니다. 저는 책임있는 정치 지도자가 되고자 합니다.

 그러나 저는 두렵습니다. 국민의 절반 이상이 정권교체를 원하고 계십니다. 민주당을 지지하던 많은 국민들께서 떠나고 계십니다. 우리의 안일한 태도가 정권을 잃고 개혁의 배가 좌초하는 결과를 만들지 않을까 두렵습니다.
 저는 너무 두렵습니다. 지금 서울시에서 벌어지고 있는 오세훈 시장의 박원순 지우기가 내년 대선에서 우리가 실패할 경우 대한민국 곳곳에서 벌어질 반개혁적 역습의 전초전이 되지 않을까 두렵습니다. 반개혁 세력의 역사 되돌리기, 개혁의 무력화가 대한민국의 미래가 되어서는 안됩니다.

 우리는 이미 경험한 적이 있습니다. 정권교체 한 번씩 하면 뭐 어떠냐고, 민주정부 10년의 업적이 쉽게 뒤집어지기야 하겠냐고 생각했습니다. 그러나 MB정권 1년 만에 모든 것이 뒤집혔습니다. 이어 들어선 박근혜 정권 때문에 우리 국민들은 큰 상처를 입었습니다. 다시 국민들에게 이런 참담한 순간을 안겨드려서는 안됩니다.
 이대로는 안됩니다. 민주당이 변해야 합니다. 뻔한 인물, 뻔한 주장으로 우리는 승리할 수 없습니다. 새로운 인물, 발상전환의 정치 박용진을 선택해주십시오. 개혁의 정방향, 개혁의 중심을 바로 세우겠습니다. 김대중 대통령처럼 낡은 진영논리와 이념이 아니라 변화한 현실에서 답을 찾는 실사구시의 정책, 중도개혁노선, 통합의 정치를 통해 대한민국의 밝은 미래를 열겠습니다.

저는 김대중 정부의 정리해고에 반대하다가 2년 넘는 감옥살이를 살았습니다. 그때는 원망도 하고 답답한 마음도 컸습니다만 이제는 다른 시각에서 당시를 회고합니다. 비록 김대중 대통령이 정리해고를 도입했지만 노동계의 숙원이자 가장 첨예한 사회갈등 사안이던 민주노총 합법화, 전교조 합법화를 이뤄낸 정부였습니다. 가장 노동 친화적인 정책을 보인 것도 사실입니다.

그뿐만 아닙니다. 김대중 대통령은 의약분업, 의료보험 통합이라는 어려운 사회정책들도 이뤄냈습니다. 김대중 대통령은 대한민국을 정보화 IT강국으로 전환시키는 기반을 탄탄하게 만들었습니다.

남북관계에서도 김대중 대통령의 업적은 놀라웠습니다. 1차 서해교전에서 북의 도발에 궤멸적 타격을 입히는 무력충돌이 벌어졌지만 동해에서 금강산 관광선은 예정대로 떠났습니다. 오히려 북측의 사과를 받았고 남북정상회담이라는 역사적 사건도 만들어냈습니다.

이 모든 일은 김대중 대통령이 "무력도발은 용납하지 않는다"는 햇볕정책 제1원칙을 지켰기 때문에 가능했습니다. 1차 서해교전 당시 베이징에서는 남북차관급회담이 진행되고 있었다고 합니다. 김대중 대통령은 자서전에서 그날 '잠을 이루지 못했다'고 회고하고 있습니다. 두려웠지만, 원칙대로 추진한 것입니다.

저 박용진도 원칙을 고수하는 정치, 용기있는 행보로 성과를 내왔다고 자부합니다. 재벌총수의 불법, 대기업의 갑질에 맞서면 정치 제대로 하기 어려울 것이라고 경고하는 사람이 왜 없었겠습니까? 유치원 개혁에 손을 대면, 재선하기 어려울 것이라고 만류하는 사람이 왜 없었겠습니까.

그러나 국민이 삶에 직결되는 문제, 사회의 불공정을 해소하는 문제 앞에서 저는 주저하지 않았습니다. 그게 정치인 김대중의 길이고, 뉴DJ를 자처하는 청년 김대중 박용진의 길입니다.

71년 김대중 후보의 공약은 남북의 상호 인정에 기반한 한반도 평화, 국민 정서에 맞지 않는 병영제도의 해소, 경제민주화와 현실에 맞는 세금정책이었습니다. 오늘날 박용진이 말씀드리고 있는 남과 북의 '사이좋은 이웃관계', 모병제 전환과 남녀평등복무제는 한반도 평화와 대한민국 안보를 위한 선택이자 불합리한 병영제도를 해소하는 길입니다.

코로나 시기 실질소득 감소를 겪고 있는 근로자들의 근로소득세, 엄청난 고통과 한계를 경험하고 있는 자영업자들의 사업소득세를 감세하고, 건물임대료, 이자소득에 대해서는 증세하는 세금정책, 대기업만 혜택보는 감세정책이 아니라 우리 경제에서 일자리 대부분을 차지하는 중견, 중소기업들도 공정하고 공평하게 혜택받을 수 있도록 명목세율을 낮추는 법인세 감세정책은 김대중 대통령의 71년도 대선 공약과 궤를 같이 합니다.

이렇게 50년 전 40대 기수론 김대중 후보의 새로운 정책은 오늘 박용진의 발상전환 정책들과 맞닿아 있습니다. 유능한 진보 박용진이 김대중, 노무현, 문재인 정부를 이어 정권 재창출을 이뤄내고, 코로나 이후의 시대를 열겠습니다. 공동체의 화합을 추구하는 대화와 타협의 정치로, 대한민국 대개혁과 대번영의 시대를 열겠습니다.

김대중 대통령의 발상전환의 정치, 박용진이 이어나가겠습니다. 민주당의 변화, 한국정치의 세대교체, 대한민국의 시대교체, 박용진을 민주당의 대통령 후보로 선택해 주십시오.

감사합니다.

청년 김대중 박용진이 유능한 진보의 길,
뉴DJ의 길을 가겠습니다.

도전으로 들썩들썩하고 희망으로 두근두근한 나라를 박용진이 만들겠습니다

▶ 2021년 9월 26일
전북 합동연설회 정견발표문

고향에서의 연설이었습니다. 제 가족사에 대한 이야기로 경제성장 과정에서의 평범한 국민들의 삶과 대한민국의 성공에 대해 이야기하고 공감을 끌어내려 했습니다. 모두의 이야기이기도 했기 때문입니다. 또한 정치적 부담을 감수하고 분당 및 선거 과정에서 분열의 상처를 씻기 위해 대통합 조치를 공개적으로 요구한 자리이기도 했습니다.

존경하는 더불어민주당 당원 동지 여러분!

사랑하는 국민 여러분! 전북 도민 여러분, 안녕하십니까?

기호 5번 박용진입니다.

저는 전라북도 장수군 번암면에서 태어났습니다. 제 부모님과 양가 집안도 모두 장수군이 터전이었습니다. 제 부모님은 많이 배우지 못했고 물려 받은 재산도 없지만 부지런하셨고, 근검절약하시면서 3남 1녀의 자녀들을 잘 키워주셨습니다.

저는 저희 부모님께서 서울 변두리였지만 미아동 좁은 골목에 내 집이라는 걸 마련했을 때 기뻐하시던 그 모습을 잊지 못합니다. 현대차에서 나온 엑셀이라는 첫 차를 사서 그 좁은 골목 앞에 세워두고 저희 남매들에게 타보라고 하실 때 아버지의 뿌듯해하시던 얼굴도 잊지 못합니다.

저희 부모님 세대의 대한민국은, 성실하게 살면 내 집 마련과 내차 마련으로 표현되는 소박한 꿈을 이룰 수 있는 나라, 자녀에게 조금 더 나은 미래를 물려줄 수 있는 기회의 나라였습니다.

제가 총학생회장이 되어 경찰의 감시와 검거 대상이 된 뒤에도 아버지는 아직 말단 경찰 공무원이셨습니다. 운동권 아들은 정권 반대를 주도하고 현직 경찰 아버지는 그런 아들을 잡아야 하는 기구한 처지였던 겁니다.

그러다 결국 경찰에 붙잡혀 장안동 대공분실에 끌려갔는데, 아버지께서 저를 찾아 오셨다가 그 대공분실 책임자에게 자식을 잘못 키워 죄송하다고 연신 고개를 숙이셨습니다. 생각이 짧았던 저는 "잘못 키우긴 뭘 잘못 키웠다고 이러시냐!"며 오히려 소리를 질렀습니다. 아직도 고개 숙이던 아버지께 소리친 걸 죄송스럽게 생각합니다.

제가 지난 4월 쓴 책에 아버지 학력이 짧았지만 어렵게 경찰 공무원이 되고 훌륭하게 저를 키워주셨다는 내용을 썼는데 아버지께서 그게 좀 싫으셨던지 "뭐 한다고 그런 이야기를 쓰냐, 내 친구들은 내가 고등학교는 나온줄 안다"하셨습니다.

그래서 제가 "아이고 아버지, 아버지 학력 좋은 친구분들 중에 아들이 국회의원하고 대통령 후보 하는 사람 있으세요?" 그랬더니, "아니, 없다!" 하시면서 환하게 웃으시더군요. 나보다 내 자녀들이 더 많이 배우고 더 잘되기를 바라는 것이 바로 부모님의 마음입니다. 대한민국은 그런 부모님들의 마음이 실현될 수 있는 나라였습니다.

좀 길게 저희 부모님과 제 이야기를 말씀드린 이유는 그게 대한민국의 이야기, 우리 모두의 이야기이기 때문입니다. 이른바 뼈대 있는 집안의 출신이 아닌 별 볼일 없는 집안 배경이어도, 부모가 학력이 짧고, 많은 재산을 물려주지 못해도 자신의 소망을 이루고 꿈을 실현해 나갈 수 있는 도전과 희망의 나라가 대한민국이었습니다.

전라북도 장수군 산골에서 태어나 입고 다닐 속옷도 없던 가난한 집 아들 박용진이, 집권여당의 국회의원이 되고 쟁쟁한 다른 후보들과 함께 이 자리에 서 있는 것 자체가 엄청난 드라마이고 대한민국이 희망의 나라였다는 증거입니다. 박용진은 코리안 드림의 증거입니다.

그 희망의 증거는 이 자리에 가득합니다. 가난해서 초등학교도 다니다 말고 공장에 나가야 했던 어린 노동자 출신이지만 유력한 대선후보가 되신 기호 1번 이재명 후보님, 남해군 가난한 농촌집안 출신이지만 대한민국 국민들에게 자수성가의 표본이 된 기호 2번 김두관 후보님, 찢어지게 가난한 빈농의 아들이었지만 좋은 선생님의 격려 덕분에 분발하여 모두가 존경하는 길을 걸어오신 기호 4번 이낙연 후보님, 가난한 세탁소집 둘째딸로 태어났지만 여성이라는 조건이 불리하게 작용하는 시대를 온 몸으로 뚫어내고 이 자리까지 온 불굴의 정치인 기호 6번 추미애 후보님, 우리 후보들 모두에게 그리고 기성세대들에게 대한민국은 내가 열심히 하면 기회가 열리고 보상이 주어지는 나라였습니다.

그런데 지금 우리 청년들이 경험하는 대한민국은 어떻습니까? 우리 자녀세대는 이런 드라마의 주인공이 될 수 있습니까? 평범하지만 내 집 마련, 내 차 마련, 자녀의 교육, 가족의 건강, 든든한 노후자산을 꿈꾸고 그것을 실현할 수 있는 약속의 나라, 희망의 나라입니까? 우리 후보들은, 우리 민주당은, 우리 기성세대는 대한민국 청년들에게 그 길을 열어주고 있는 것입니까?

부모 잘 만난 곽상도 의원 아들은 50억원 퇴직금을 챙겨놓고 내가 노력해서 받은 건데 무슨 시비냐고 당당하고, 어떤 청년은 일자리조차 구하지 못하거나, 그나마 일자리에서 조차 생명과 안전을 위협받는 그런 나라에서 무슨 공정사회, 행복국가가 가능합니까?

이 일은 아빠 대박 찬스를 넘어 국민들의 상식을 뒤흔드는 일입니다. 기득권 카르텔의 썩은 악취가 풍기는 일입니다. 우리 청년들과 국민들을 좌절시키는 일입니다. 철저히 수사해 바로 잡아야 할 것입니다. 청년들이 세상을 믿고, 스스로를 믿고 도전할 수 있는 사회를 만들어야 합니다.

BTS는 UN연설에서 청년세대를 "변화에 겁먹기보다는 '웰컴'이라고 말하면서 앞으로 걸어 나가는 세대"라고 규정했습니다. 우리 정치가 청년들에게 보장해주어야 하는 것은, 가능성과 희망을 가질 수 있는 기반을 만드는 것, 성장할 수 있을 만큼 넓은 장을 가진 공동체입니다.

그런데 지금 우리 정치는 오늘 하루 반짝 주목받고 박수받을 공약들을 남발하면서 대한민국 청년들이 누려야할 미래의 기회와 자산을 허물고 있습니다.

표가 되지 않는 연금개혁, 노동개혁, 교육개혁에 대해서는 침묵하고 뒷걸음질 치고 있습니다. 우리는 정말로 변화해야 합니다. 청년들에게 몇 푼의 푼돈을 나눠주며 미래를 가불하게 만드는 나라가 아니라, 자기가 바라는 일을 하면서도 미래를 계획할 수 있는 그런 나라를 만들어야 합니다.

저는 '희망', '도전', '기회'라는 이 설레는 말이 대한민국 땅에서 지속가능하도록 하겠습니다. 우리 사회가 도전으로 들썩들썩하고 희망으로 두근두근한 나라를 박용진이 만들겠습니다.

추석 내내 호남을 돌며 당원 여러분을 만났습니다. 정권 재창출에 대한 걱정, 과연 경선이 끝나고 원팀을 이룰 수 있을지 우려하고 계십니다.

그래서 고민 끝에 어렵게 제안 말씀드립니다. 민주정부 4기를 열기 위해서 지금 우리는 결단이 필요합니다. 더 많은 사람들을 민주개혁세력으로 감싸안고 함께 가야 합니다.

여러 이유로 민주당을 떠나야 했던 분들을 다시 받아들이는 민주개혁진영 대통합을 제안드립니다. 복당절차를 적극 추진하고, 더 많은 세력과 통합할 것을 제안합니다! 경선 원팀을 넘어서서 개혁 원팀, 더 큰 민주당으로 나갑시다. 개혁세력 대통합을 통한 정권 재창출의 길로 나가야 합니다.

이번 대선도 1% 차이의 아슬아슬한 승부라는 것을 모두가 압니다. 야당은 뭉치는데, 우리는 분열되어 있으면 안됩니다. 큰 승리를 위해 작은 갈등, 사소한 감정으로 대립하고 분열했던 과거를 훌

훌 털고 대선 승리와 정권교체를 위해 나갑시다.

박용진이 민주당 변화의 선봉에 서겠습니다. 박용진이 민주당 대통령 후보로 선출되면 국민들께서 민주당이 확 변했구나! 하실 겁니다. 그래야 민주당에 다시 응원의 눈길을 주시고, 지지의 손길을 주실겁니다! 그 때서야 진정 정권 재창출의 길을 열게 될 것입니다!

저 박용진이 파란을 만들어내겠습니다! 정권 재창출을 이뤄내겠습니다! 밀어주십시오! 이변을 만들어주십시오!
감사합니다.

민주정부 4기를 열기 위해서 지금 우리는 결단이 필요합니다.

더 많은 사람들을 민주개혁세력으로 감싸안고 함께 가야 합니다.

불공정과 불평등에 맞서
세상을 바꾸는 용기 있는 대통령이 되겠습니다

▶ 2021년 10월 1일
제주 합동연설회 정견발표문

제주 연설에서는 사회 구조적 불평등 문제를 전면적으로 제기했고, 대장동 논란에 대해서도 당의 분열이 아닌 부패근원지 원점 타격을 위한 제안을 했습니다. 재벌개혁 등 기득권 타파에 앞장서 온 박용진이 그 대안이라고 주장했고, 각종 사회문제 해소를 위해 전면에 나서는 대통령이 되겠다는 다짐을 분명하게 했습니다.

우리 국민들은 요즘 화천대유, 고발 사주라는 신종 사자성어 때문에 몹시 화가 나 계십니다. 영화보다 더 기막히고 더 황당한 대장동 스캔들을 보면서 우리 국민들이 어떻게 분노하지 않을 수 있겠습니까?

저는 이 게이트에 대해 손톱만큼이라도 비리에 연루된 자들이 있다면 싹 다 잡아들이고 '온갖비리 발본색원 부패세력 일망타진'이라는 단순한 16자를 실현하는 것 외에는 달리 방법이 없다고 생각합니다.

대장동을 둘러싼 이 썩은 악취 덩어리를 두고 우리가 어떻게 미래 선도 국가, 선진강국 대한민국을 이야기하고 박용진이 어떻게 888 사회와 행복 국가를 이야기할 수 있겠습니까?

저를 비롯해 우리 후보 중 누구도 이재명 후보의 부정·비리를 의심하지 않습니다. 다만 정책적 설계를 주도한 사람으로서 가져야 할 정책적 한계와 책임을 인정하고 추후 본인이 임명한 사람들의 부정·비리가 드러나면 그에 대한 정치적 도덕적 책임은 불가피할 것입니다.

이재명 후보도 이 문제를 인정한 만큼 이제 우리는 우리끼리의 갈등이 아니라 이 비리 문제의 근원지를 원점 타격하는 적극적 수사를 촉구하고 정책적 대안을 마련하는 일에 앞장서야 할 것입니다. 저도 공공개발에 대한 책임 있는 대안을 곧 말씀드리겠습니다.

대장동 게이트와 더불어 고발 사주 사건도 그야말로 국민분노 유발 사건입니다. 대한민국의 권력을 가진 사람들, 돈 있고 힘 있고 빽 있는 사람들의 추악한 뒷거래와 권력의 사유화에 대해 저는 분노합니다. 사태의 진상을 낱낱이 밝혀 반드시 처벌해야 할 것입니다.

　저는 한 슬픈 이야기에 또 분노합니다. 한 20대 청년 노동자가 지금 차가운 영안실에 혼자 누워있습니다. 빈소도 차리지 못했습니다. 나흘 전, 그는 외줄에 의지해 아파트 외벽 유리창을 닦다가 줄이 끊어져 추락사했습니다. 그는 어린 자녀가 있는 젊은 가장이었습니다. 규정대로 줄 하나만 더 설치했더라면 괜찮았을 일이 벌어졌는데 누구 하나 책임지는 사람이 없습니다. 최근에만 이런 비슷한 죽음이 4건이나 더 있었습니다.

　안타깝게도 그 청년의 황망한 죽음 소식은 신문 어디에서도 찾아볼 수 없었습니다. 대신 신문에는 50억원 퇴직금을 받은 국회의원 아들과 15억원짜리 아파트를 헐값에 분양받은 전직 특별 검사의 딸 이야기, 대장동 서민들의 피눈물로 어마어마한 돈을 번 사람들이 강남에 수백억원짜리 건물을 샀다는 뉴스로 가득했습니다. 대장동을 쥐어짜 거머쥔 불로소득을 돈 있고, 힘 있고, 빽 있는 사람들끼리 이런저런 이름으로 흥청망청 나눠 먹고 돈 잔치했다는 소식에 국민들은 가슴이 무너집니다.

젊고 실력있는,
유능한 진보 박용진!

대통령이 되어 더 큰 세상의 변화를 대한민국의

더 큰 정의와 번영을 만들어 낼 수 있도록

박용진에게 기회를 주십시오.

돈없고, 힘없고 백은 없었지만, 스스로 일해서 인생을 살아내던 한 청년의 비극은 부모를 잘 만났거나, 그 덕에 쌓은 인맥이 좋아서 일확천금을 번 사람들의 사연보다도 주목받지 못했습니다.

유리창을 닦다 추락사한 노동자의 남은 아이와 곽상도 의원의 아들을 다시 생각해 봅니다. 부잣집 아이들 다시 부자 되고 가난한 집 아이들 다시 가난을 대물림하는 이런 세상. 아니, 부모 돈만 물려받는 것이 아니라 기회의 평등도, 과정의 공정도, 결과의 정의도 다 무너뜨려 버린 이 사건에 대해 저는 국민과 함께 분노합니다.

누군가는 저에게 행정 경험 없고 정치경력도 짧고 누구처럼 총리, 장관, 당대표, 도지사 해본 일도 없으니 이번엔 어렵다고 이야기하지만 분노해 마땅한 일에 분노하고 이미 낡아 무너져 마땅한 것들을 무너뜨리는 뜨거운 마음과 명쾌한 원칙으로 세상을 바꿔나가겠습니다. 불공정과 불평등에 맞서 세상을 바꾸는 용기 있는 대통령이 되겠습니다.

저는 대학생 박용진이 처음으로 가두시위에 나서게 되었던 30년 전 수서 비리 사건을 아직 기억하고 있습니다. 그 시절에도 집값 폭등, 전세대란이 있었습니다. 전셋집을 구하지 못한 일가족이 거리를 떠돌다 함께 극단적 선택을 했다는 끔찍한 소식에 저는 분노했습니다. 그때 스무살 젊은 청년 박용진에게는 이런 불공정하고 부조리한 세상을 향해 고함치고 데모하는 일 말고는 할 수 있는 일이 없었습니다.

그러나 국회의원이 되고 나서 세상을 바꾸는 일은 달라졌습니다. 국회의원의 권한으로 보다 구체적으로 변화를 만들 수 있었습니다. 국회의원이 되어서도 저를 움직인 것은 국민들의 상식을 뒤흔드는 기득권 세력들의 불법과 특혜를 향한 분노였습니다.

재벌총수 일가의 불법과 반칙, 특혜, 한유총과 일부 사립유치원의 온갖 비리, 현대차의 국내 소비자들에 대한 차별과 안전 무시 행위, 잘못된 공매도 제도 때문에 피눈물을 흘리는 개미들. 저는 국민들의 상식, 국민들의 눈높이에서 용납되지 않는 일에 맞서 승리했고 변화를 만들어 냈습니다.

이건희 회장과 각종 차명계좌를 갖고 있던 수많은 권력자가 1,200억원 가까운 세금을 내게 했습니다. 재벌들 앞에 숨죽이며 거꾸로 서 있던 금융실명법을 박용진이 25년 만에 제대로 서게 했던 것입니다.

유치원 3법이 개정되었습니다. 누구도 손대지 못했던 유치원 개혁이 법적으로 완수되고 현장에서 많은 변화가 생기고 있습니다. 공매도 시스템이 변화했고 현대차는 리콜과 무상수리 조치를 받아들이지 않을 수 없었습니다.

또라이 국회의원 소리 들어가며 변화를 만들었습니다. 국민의 안전하고 정의로운 삶을 위해 만들어 낸 변화입니다. 단순히 박용진 개인의 성과를 넘어 국민들에게 정치의 가능성을 제대로 보여 드린 성과라고 자부합니다.

이제 박용진이 이런 개별 전투가 아니라 대한민국의 정의와 번영을 위해 더 큰 싸움에 나설 수 있도록 힘을 모아 주십시오. 대통령이 되어 더 큰 세상의 변화를 대한민국의 더 큰 정의와 번영을 만들어 낼 수 있도록 박용진에게 기회를 주십시오. 민주당의 후보로 만들어 주십시오.

많은 분이 이번 경선 이후 민주당이 원팀이 되겠냐 걱정하십니다. 박용진을 선택해 주십시오. 가장 젊은 후보답게 어떤 기득권도 내세우지 않고 당을 하나로 만들겠습니다. 더 나아가 민주개혁진영 원팀을 위해 욕먹을 각오하고 대통합 제안까지 드렸고 다른 후보님들의 동의도 얻어냈습니다. 우리는 더 크게 가야 승리합니다.

더 큰 민주당을 위해 박용진을 선택해 주십시오. 그러면 나라를 다시 세운 유비처럼 큰 정치를 하겠습니다. 김대중 대통령처럼 통합의 정치, 중도개혁의 실사구시 정치를 하겠습니다.

그러나 안타깝게도 국민 여러분께서 제가 아니라 다른 분을 선택하신다면 박용진은 장판교 위에서 조조의 백만대군과 맞서 싸운 장비처럼 용감하게 정권 재창출을 위해 앞장서겠습니다.

선거는 끝날 때까지 끝난 것이 아닙니다! 박용진의 분노와 용기에 공감하신다면 저를 지지해 주십시오. 미래에 투표해주십시오!
세상을 확 바꾸려는 박용진의 열정을 받아주십시오!

감사합니다.

박용진이 노동 존중
대한민국을 만들겠습니다

▶ 2021년 10월 2일
부산 · 울산 · 경남 합동연설회 정견발표문

노동자와 대화하는 대통령이 되겠습니다. 저는 정치적으로 가장 왼쪽 출신의 정치인이지만 손흥민처럼 운동장을 넓게 쓰겠습니다. 경영계와 노동계가 허심탄회하게 대화를 할 수 있도록 지속적인 대화와 토론의 장을 마련하겠습니다. 스웨덴의 타게 에를란데르 총리는 극좌파 출신이었지만 무려 재임 23년간 매주 목요일 만찬을 노사정 대화의 장으로 내놓아 스웨덴 사회구조를 변화시켰습니다. 저도 그렇게 하겠습니다. 박용진에게 한국사회를 바꿀 수 있는 소통과 협력의 장을 마련할 기회를 주십시오.

−본문 중에서−

부산, 울산, 경남의 대의원, 당원 동지 여러분, 국민 여러분!

부산, 울산, 양산을 철통방어하는 53사단 병장 출신 기호 5번 박용진입니다.

윤석열 후보가 손바닥에 '왕(王)' 자를 써넣고 방송토론을 해서 장안의 화제입니다. 영화배우처럼 멋진 몸매를 가지고 싶은 청소년 시절 배에 '왕(王)' 자를 그려 넣는 경우는 봤지만 자기 손바닥에 '왕(王)' 자 그려넣는 경우는 난생 처음입니다. 그러나 그보다도 웃긴 건 우리는 지금 대통령이라는 나라의 최고 책임 공무원을 뽑는 중이지 왕을 뽑는 게 아닙니다. 대통령을 왕인 줄 아는 사람이 1위를 하고 있는 야당의 처지도 좀 안됐습니다. 지금 대한민국은 왕도 아니고 영도자적 리더십도 아니고 소통과 통합의 리더십을 필요로 합니다. 오늘 저는 그런 제안의 말씀을 드리겠습니다.

부산, 울산, 경남에는 대한민국의 성장을 이끌어 온 산업단지들이 있습니다. 그리고 그 곳에서는 우리 청년들이 땀 흘리며 열심히 일하고 있습니다. 우리 청년들의 꿈은 우리가 상상할 수 없을 만큼 다양한 갈래로 뻗어나가고 있습니다.

우리가 여가로 즐기는 문화콘텐츠를 만드는 일에도 많은 청년들이 진출하고 있습니다. 대한민국은 문화산업 강국입니다. BTS, 기생충, 오징어게임 등 각종 문화 콘텐츠가 세계를 휩쓸고 있습니다. 가수, 배우처럼 얼굴이 알려지는 직업 말고도 이제는 작곡가, 작사가, 웹툰, 드라마, 시나리오, 그리고 방송국 시사 및 예능 프로그램 등의 작가와 프로듀서, 댄서, 스타일리스트 등 다양한 직종에도 주목도가 올라가고 있습니다.

그러나, 눈에 보이는 화려함에 비해서 청년들의 일자리 처우는 그리 좋지 않습니다. 지난해 전태일재단을 통해 패션스타일리스트 보조일을 하는 노동자들을 후원한 적이 있습니다. 이 분들을 '패션 어시'라고 부르는데, 이들 대부분은 20대 초중반의 청년들입니다. 패션 어시의 93%가 최저임금을 받지 못하고 있고, 33%가 임금을 제때 받지 못한 경험이 있었습니다. 70%는 욕설과 폭언 등 정신적 괴롭힘을 당한 경험이 있었고, 성희롱 등 직장 내 괴롭힘을 당하거나 신체적 폭력을 당한 경우도 8%나 있었습니다. 이 청년들은 스스로를 '시다', '유령노예'라고 부른다고 했습니다.

패션 어시들만 부당한 노동현장에 노출되어 있는 것이 아닙니다. 청년들이 진출하는 우리 사회의 현주소가 그렇습니다. 구의역 김군, 제주도에서 실습하다 사망한 이민호, 태안화력발전소에서 사망한 김용균, 평택항에서 사망한 이선호, 서울 구로구에서, 인천 연수구에서 떨어져 사망한 청년들. 우리 주변의 곳곳에서 하루하루를 성실히 살아가는 청년들이 존중받지 못하거나, 목숨을 잃고 있습니다.

저는 '좋은 일자리'라는 것이 따로 있다고 생각하지 않습니다. 청년이 가는 일터 모두가 '좋은 일자리'가 될 수 있도록 최저임금, 작업장의 안전, 사회적 임금, 안정적 복지, 자녀교육과 노후자산 마련 등 사회적, 제도적 뒷받침을 해주어야 합니다. 정치권 뿐 아니라 산업계, 노동계가 함께 우리 사회를 변화시켜 나가야 합니다. 좋은 일자리를 많이 만들겠다는 말로 재벌 대기업에게 투자발표를 부탁하는 것이 아니라 우리 사회 모든 일자리가 안정적이고 행복한 일자리가 될 수 있도록 대통령 박용진이 변화시켜 가겠습니다.

저는 노동 존중사회를 만들고 싶습니다. 이 노동존중이 단지 잘 조직된 힘쎈 노동조합의 목소리만 잘 반영해주는 것이라 생각하지 않습니다. 내가 어디서 무슨 일을 하든지, 그 분야에서 존중받고 전문가로 성장할 수 있는 사회, 합당한 임금을 받고 미래를 계획할 수 있는 안정감을 제공받는 사회, 설령 위험한 일을 하더라도 생명안전을 보호받을 수 있는 사회, 일하는 사람이 당당하고 일하는 사람이 희망을 갖는 사회, 그런 사회가 노동존중 사회입니다.

그래서 노동계에게 요청드립니다. 노동이 존중받는 세상을 함께 만들어갑시다. 단순히 개별 사업장의 요구를 따내기 위해 쎄게 투쟁하는 방식이 아니라 오늘의 문제를 넘어서고 내일의 과제에 해법을 마련하는 선진적 노동운동과 사회적 영향력을 확대하는 노조를 만듭시다. 박용진과 함께 해봅시다. 대화가 가능한 정치세력, 미래구상이 가능한 정치지도자와 끈질기고 지속적인 사회적 대화

박용진에게 한국사회를 바꿀 수 있는

소통과 협력의 장을 마련할 기회를 주십시오.

를 한번 시작해봅시다.

노동자와 대화하는 대통령이 되겠습니다. 저는 정치적으로 가장 왼쪽 출신의 정치인이지만 손흥민처럼 운동장을 넓게 쓰겠습니다. 경영계와 노동계가 허심탄회하게 대화를 할 수 있도록 지속적인 대화와 토론의 장을 마련하겠습니다.

스웨덴의 타게 에를란데르 총리는 극좌파 출신이었지만 무려 재임 23년간 매주 목요일 만찬을 노사정 대화의 장으로 내놓아 스웨덴 사회구조를 변화시켰습니다. 저도 그렇게 하겠습니다. 박용진에게 한국사회를 바꿀 수 있는 소통과 협력의 장을 마련할 기회를 주십시오.

어떻게 한국사회를 바꿔가겠다는 거냐? 제가 예를 하나 들겠습니다. 산업재해를 완전 추방하고 노사관계를 미래지향적으로 바꾸는 제안이 될 것입니다.

내년 시행될 중대재해기업처벌법은 사업장에서의 사고 방지조치를 할 의무를 사업주와 경영책임자에게 부과하고 있습니다. 경영계에서는 엄청나게 부담스럽게 생각합니다. 노동계에서는 노동이사제를 주장합니다. 노동자의 경영 참여가 경제민주화와 노사화합의 디딤돌이 될 것이라고 생각하지만 경영진은 질색을 합니다.

이렇게 해보면 어떻습니까? 중대재해처벌법에서 규정하는 재해

방지조치 의무 경영책임이사에 노동조합이나 근로자 대표 혹은 그들이 지명하는 사람이 가는 겁니다. 노동계는 산업재해를 방지해야 할 의무와 위반 시 처벌의 부담을 집니다. 동시에 이사로서 회사 운영에도 참여하고 책임을 집니다. 경영계는 중대재해처벌법에 따른 부담을 피하지만 노동자 경영참여라는 경제민주화 조치를 받아들여야 합니다. 노동계는 노동이사제를 얻겠지만 산재 발생의 법적 책임에 대해 부담을 져야 합니다. 저는 이 '산재추방-노동이사 패키지딜'이 합의된다면 산업재해의 추방과 경영혁신, 경제민주화와 노사관계 안정 등 1석 4조의 효과를 거둘 것이라고 생각합니다.

저는 한 번 한다면 해낸 사람입니다. 저 박용진은 세상을 바꾸는 일을 해왔습니다. 세상이 바뀌어야 된다고 목소리만 높인 것이 아니라, 구체적인 성과를 통해 제도를 바꾸고 법을 바꾸며 국민의 삶을 변화시켜 왔습니다.

이건희 회장과 각종 차명계좌를 갖고 있던 수많은 권력자들이 1,200억원 가까운 세금을 내게 만들었습니다. 재벌들 앞에 숨죽이며 거꾸로 서있던 금융실명법을 박용진이 25년 만에 제대로 서게 했던 것입니다.

유치원3법이 개정되었습니다. 누구도 손대지 못했던 유치원 개혁이 법적으로 완수되고 현장에서 많은 변화가 생기고 있습니다. 공매도 시스템이 달라졌고 현대차는 리콜과 무상수리 조치를 받아들이지 않을 수 없었습니다. 현대차 경영진 뿐 아니라 노조 측에서도 싫은 소리 많이 들었습니다.

여기저기에서 또라이 국회의원 소리 들어가며 변화를 만들었습니다. 국민의 안전하고 정의로운 삶을 위해 만들어 낸 변화입니다.

이제 박용진이 이런 개별 전투가 아니라 대한민국의 정의와 번영을 위해 더 큰 싸움에 나설 수 있도록 힘을 모아 주십시오. 대통령이 되어 더 큰 세상의 변화를 대한민국의 더 큰 정의와 번영을 만들어 낼 수 있도록 박용진에게 기회를 주십시오. 민주당의 후보로 만들어 주십시오.

감사합니다.

약자들이 어깨 펴고 살 수 있는
대한민국을 만들겠습니다!

▶ 2021년 10월 3일
인천 합동연설회 정견발표문

우연히 청와대 근처 식당에서 불쑥 마주치기도 하고, 야당 대표와 청와대에서 해물탕에 소주 한 잔 나누며 막힌 정국을 풀어내는 대통령, 한달에 한번씩 청와대 출입 젊은 기자들과 넥타이 풀고 국정운영 설명 기자간담회를 갖는 소통하는 대통령, 대통령이 국회 본회의장에서 외교 · 안보 · 국방 · 통일 분야에 대해서는 국회의원들의 질문에 직접 대답하는 한국형 PMQ를 실시하고 싶습니다. 거대담론을 이야기하며 국민 위에 군림하는 대통령이 아니라, 국가 운영을 책임지는 공직자로서 열심히 일하는 성실한 일꾼이 되겠습니다.

–본문 중에서–

박용진입니다.

LH 사태 때는 일부 LH 직원들이 개발 대상 땅을 미리 사고 법을 악용해 보상 많이 받을 작물을 심는 방식을 썼더군요. 그런데 이번 대장동 방식을 보니 차원이 다릅니다. 법을 악용해 작물을 심는 수준이 아니라 불법적인 썩은 탐욕과 협잡을 심어 수천억원의 이익을 보고 법적 특혜를 위해 엄청난 돈을 뇌물로 뿌렸습니다. 대장동의 아수라장에 비하면 LH 사태는 애들 소꿉장난 수준이었던 것입니다. 관련자들의 엄정한 처벌을 다시 한번 수사당국에 촉구합니다.

저는 이번 경선기간 동안 대한민국의 '번영'의 길에 대해 말씀드리고 있습니다.

국부펀드, 국민자산 5억 성공시대, 든든주거3박자, 가치성장주택공약, 모병제와 남녀평등복무제로 강한 안보, 바이미식스 대통령, 선진강국으로의 도약 그리고 연금개혁, 교육혁명, 노동개혁 등 기성세대의 장벽을 낮춰 청년들이 기회의 계단을 쌓을 수 있는 사회적 제안까지 모든 것이 대한민국의 지속가능한 번영을 위한 새로운 접근, 발상전환의 공약들이었습니다.

재정으로 뒷받침할 수 없는 공약이나 퍼주고 표받는 표퓰리즘의 길이 아닌 지속가능한 복지제도를 만들겠다고 약속드렸습니다. 불공정과 불평등에 맞서는 용기있는 대통령이 되어 행복국가 대한민국을 만들겠다는 약속은 오늘 피눈물을 흘리는 자영업자들에게 힘이 되고 위로가 되는 정부가 되어야 가능한 일입니다.

재난상황의 불행은 결코 공평하게 오지 않습니다. IMF 때는 노동자들과 중소기업, 하청업체들이 특히 힘들었습니다. 그 와중에도 대기업은 적극적으로 정부의 지원을 받았고, 현금 부자들은 더 부자가 되었습니다. 본격적인 양극화 시대의 문이 열렸습니다.

코로나의 재난도 마찬가지였습니다. 얼마 전, 서울 마포구에서 20년 동안 맥줏집을 운영하던 사장님, 여수에서 치킨집을 하던 사장님이 너무 힘들다며 극단적 선택을 하셨고 많은 국민들이 슬퍼하고 계십니다.

국민경선 기간 동안 전국을 돌아다니며 거리의 상점들이 한 집 걸러 한 집씩 문을 닫고 임대 광고를 붙인 처참한 현실을 보았습니다. 지금까지 45만명의 자영업자가 폐업을 했고, 코로나 이후로 경제적 어려움으로 유명을 달리한 자영업자는 스물 다섯 분이 넘습니다. 지난 2년간, 사회적 거리두기, 영업제한 조치로 자영업자들의 매출은 반토막이 났고, 지난 1년 동안 자영업자 부채는 전 금융권에서 약 100조원이 늘어나 858조원에 이른다고 합니다.

그런데 다른 한편에서는 주가 상승으로 떼돈을 번 사람, 부동산 가격 상승으로 부자가 된 사람들, 빚더미에 앉은 자영업자에게 따박따박 돈을 걷어간 사람들도 있었습니다. 코로나 바이러스로 인한 공포는 누구에게나 같았지만, 경제적 재난은 가난한 약자들과 자영업자, 소상공인들에게 집중되었던 것입니다.

그래서 저는 근로소득세와 사업소득세 감세를 주장했습니다. 재원을 마련해 다시 나눠주는 지원금 방식보다, 감세야말로 노동자와 자영업자들에게 곧바로 혜택이 갈 수 있는 방식이기 때문입니다.

동시에 임대료, 이자, 주식 등으로 돈을 번 사람들에 대한 증세도 말씀드렸습니다. 재난이 공평하지 않다면, 국가가 그 균형을 맞춰야 하기 때문입니다.

위드코로나로 빠르게 전환할 것도 정부에 촉구했습니다. 자영업자와 소상공인 120만명이 1억원씩 1년간 무이자로 대출을 받을 수 있게 지원하겠다는 공약도 냈습니다. 대한민국은 자영업자, 소상공인들을 버린 것이 아니라는 것을 피부로 느낄 수 있을 정도의 지원을 해야 합니다.

코로나 상황이 시작되었을 때는 백신도 없었고, 우리는 아무런 준비를 하지 못했습니다. 그러나 2년이 지난 지금은 상황이 많이 달라졌습니다. 우리 국민들도 일상으로의 조심스런 복귀를 원하고 계십니다.

이제는 위드코로나로 전환해야 합니다. 누군가의 희생으로 가정과 사회를 지탱해서는 안됩니다. 국민이 국가로부터 버림받았다고 생각하지 않도록 해야합니다.

이제는 위드코로나로 전환해야 합니다.

누군가의 희생으로 가정과 사회를 지탱해서는 안됩니다.

(자영업자들과 위드코로나 간담회)

박용진의 정치철학은 쉬운 말로는 먹고사니즘, 다른 말로는 실사구시 정치입니다. 저는 국민들의 일상에 가까운 대통령이 되겠습니다. 정쟁에 휩싸이는 정치가 아니라, 국민의 먹고 사는 문제에 집중하는 정치를 하겠습니다.

대한민국의 지난 세대와 우리 세대가 누리고 있는 내 집 마련, 내 차 마련, 자녀교육, 가족건강, 노후자산, 이 스무자로 구성된 우리 국민들의 다섯가지 소박하고 '평범한 삶'이 이제 더는 평범하지 않고 특정 누군가만이 누릴 수 있는 사치, 특혜로 전락한 오늘날의 현실을 바로잡겠습니다. 국민의 소박한 꿈을 이뤄드리는 대통령이 되겠습니다.

우연히 청와대 근처 식당에서 불쑥 마주치기도 하고, 야당 대표와 청와대에서 해물탕에 소주 한 잔 나누며 막힌 정국을 풀어내는 대통령, 한달에 한번씩 청와대 출입 젊은 기자들과 넥타이 풀고 국정운영 설명 기자간담회를 갖는 소통하는 대통령, 대통령이 국회 본회의장에서 외교·안보·국방·통일 분야에 대해서는 국회의원들의 질문에 직접 대답하는 한국형 PMQ(Prime Minister's Question Time)를 실시하고 싶습니다. 거대담론을 이야기하며 국민 위에 군림하는 대통령이 아니라, 국가 운영을 책임지는 공직자로서 열심히 일하는 성실한 일꾼이 되겠습니다.

저 박용진은 세상을 바꾸는 일을 해왔습니다. 박용진이 대통령이 되어 이끌어갈 정치는 소박한 것들부터 대한민국의 번영에 이르기까지 다방면으로 펼쳐질 것입니다. 저는 한 번 한다면 해낸 사람입니다. 세상이 바뀌어야 된다고 목소리만 높인 것이 아니라, 구체적인 성과를 통해 제도를 바꾸고 법을 바꾸며 국민의 삶을 변화시켜 왔습니다.

이건희 회장과 각종 차명계좌를 갖고 있던 수많은 권력자들이 1,200억원 가까운 세금을 내게 만들었습니다. 재벌들 앞에 숨죽이며 거꾸로 서있던 금융실명법을 박용진이 25년 만에 제대로 서게 했던 것입니다.

유치원3법이 개정되었습니다. 누구도 손대지 못했던 유치원 개혁이 법적으로 완수되고 현장에서 많은 변화가 생기고 있습니다. 공매도 시스템이 달라졌고 현대차는 리콜과 무상수리 조치를 받아들이지 않을 수 없었습니다. 현대차 경영진 뿐 아니라 노조 측에서도 싫은 소리 많이 들었습니다. 여기저기에서 또라이 국회의원 소리 들어가며 변화를 만들었습니다. 국민의 안전하고 정의로운 삶을 위해 만들어 낸 변화입니다.

저는 각 분야에서 제 역할을 다 하는 사람들이 또라이 소리를 듣는 것이 아니라 자기 할 일을 하는 사람으로 격려받고 칭송받을 수 있는 정의와 공정이 넘치는 사회, 약자들이 어깨 펴고 살 수 있는 사회를 만들겠습니다.

박용진이 그동안처럼 각 사안별 개별 전투가 아니라 대한민국의 정의와 번영을 위해 더 큰 싸움에 나설 수 있도록 힘을 모아 주십시오. 대통령이 되어 더 큰 세상의 변화를 대한민국의 더 큰 정의와 번영을 만들어 낼 수 있도록 박용진에게 기회를 주십시오. 민주당의 후보로 만들어 주십시오.

감사합니다.

박용진이 민주당 정권 재창출의
물꼬를 트겠습니다

▶ 2021년 10월 9일
경기 합동연설회 정견발표문

발상전환해야 그게 진짜 진보주의자입니다. 경제학자 케인즈도 김대중 대통령도 발상전환을 했기 때문에 새로운 주류가 될 수 있었습니다. 그래서 저는 오늘 여러분 앞에 이런 발상전환 정책들과 함께 제가 민주당과 대한민국을 이끌어 가는 새로운 주류가 되겠다는 다짐을 선언합니다.

유능한 진보로 민주당이 무장하고 새로운 진보의 길, 경제성장과 사회적 평등을 동시에 달성하는 발상전환의 정치세력으로 민주당이 변화 발전하도록 이끌어 가겠습니다.

−본문 중에서−

사랑하는 경기도민, 당원 동지 여러분, 그리고 존경하는 국민 여러분, 기호 5번 박용진입니다.

　이제 경선 막바지에 접어들고 보니 대선에 도전하기 위해 지금까지 달려온 시간들이 새삼스럽게 되돌아 봐집니다.

　저는 대통령선거에 나서며 행복국가를 국민 여러분들과 함께 만들겠다고 말씀드렸습니다. 평범하지만 성실하고 정직한 사람들, 다시 말해 착한사람들이 성공하고 행복할 수 있는 사회를 만들겠다는 약속이었습니다.

　그런데 요즘 나라 돌아가는 꼴을 보면 행복국가를 말씀드린 제가 다 부끄러울 지경입니다. 대장동과 화천대유, 돈 있고 힘있고 빽 가진 사람들이 자기들끼리 부패한 뇌물을 교묘하게 주고받는 부정비리가 여전히 판을 치고 국민의 땅을 가지고 자기들의 뱃속을 채우는 일, 가만 두면 망국의 길로 가게 될 투기꾼과 권력의 협잡들이 드러나고 있습니다.

　한쪽에서는 안전장치도 없이 줄 하나에 매달려 아파트 외벽 유리창을 닦다 청년 노동자가 추락해 사망하고 실습 나간 고등학생이 해서는 안될 위험한 잠수작업을 강요받아 12kg 납덩이 무게에 발버둥치다 비참하게 사망하는데 다른 한쪽에서는 아버지 잘 만난 자녀들이 퇴직금 50억원, 아파트 헐값 분양의 부당이익을 얻고도 오히려 큰소리 칩니다. '돈도 실력이다. 능력없는 네 부모를 원망하라'는 최순실의 딸이 곽상도의 아들로, 박영수 특검의 딸로 다시 나타나 우리 국민들과 청년들을 조롱하고 있습니다.

그런데, 이상합니다! 국민이 분노하는 대장동 사태에 야당 쪽의 연루자가 더 많은데 국민의 절반 이상이 정권교체를 원하고 계십니다. 민주당을 지지하던 많은 국민들께서 떠나고 계십니다. 저들이 좋아서가 아니라 우리들이 변하지 않고 있기 때문입니다. 우리들에게 실망하고 계시기 때문입니다.

민주당이 변해야 합니다. 지지층의 목소리 뿐 아니라 더 많은 국민의 목소리를 듣고 대변해야 합니다. 편협한 낡은 이념이 아니라 실사구시 중도개혁세력으로 거듭나야 합니다. 그래야 정권 재창출이 가능합니다.

여러분 저는 지금 너무 두렵습니다. 지금 서울시에서 벌어지고 있는 오세훈 시장의 박원순 지우기가 내년 대선에서 우리가 실패할 경우 대한민국 곳곳에서 벌어질 반개혁적 역습의 전초전이 될 것입니다. 반개혁 세력의 역사 되돌리기와 개혁의 무력화가 대한민국의 미래가 되어서는 안됩니다.

이대로는 안됩니다. 이대로 가서는 정권 재창출이 어렵습니다. 민주당은 더 많은 국민의 목소리를 들어야 합니다. 우리는 이기는 방법을 알고 이길 수 있는 후보를 선택해야 합니다. 그것이 민주당이 보여드려야 하는 변화의 시작입니다.

저는 지난 총선에서 민주당 서울지역 당선자 중에서 가장 많은 득표율로 당선된 것을 자랑스럽게 생각합니다. 소신발언 하다보니 당 안에서는 비판도 받고 비주류로 분류되지만 국민들께서는 상식과 국민 눈높이에서 할 말은 하고 할 일을 해온 사람으로 기억하고 재벌총수와 불법 공매도 세력, 한유총 기득권 세력들에게 두려움 없이 싸워 온 용기 있는 정치인으로 평가해주십니다.

저는 자부합니다. 저는 민주당에서 가장 중도확장성이 큰 후보입니다. 아니 여야 모든 주자들 중에 당 밖에서 7배 8배 지지를 더 받는 후보는 저밖에 없습니다. 저를 지지하는 분들은 민주당이 놓치고 있는 중도층, 지난 총선과 대선, 지방선거에서 민주당을 지지했던 집나간 토끼들입니다. 산토끼도 잡고, 집 나간 토끼들도 다시 민주당으로 데려올 수 있는 유일한 후보 저 박용진 아닙니까! 박용진을 앞장세워 주십시오

박용진의 비전에 투자한 한 표는, 민주당 정권 재창출의 물꼬를 틀 것입니다. 중도확장성이 가장 큰 박용진에게 투표해주십시오!

저는 선거기간동안 국민들께 많은 정책을 공약했습니다. 계파도 조직도 없지만 정책만큼은 박용진이 제일 낫다는 이야기 많이 들었습니다.

1,500조원 국부펀드로 수출로만 먹고사는 나라가 아니라, 이제

는 재테크로도 국가 자산을 키우는 나라! 국민의 자산도 나라가 함께 키워주는 제도를 설계했습니다. '나라도 부자로 국민도 부자로'라는 제도 설계는 전세계 어떤 국부펀드에서도 해보지 못한 발상 전환입니다.

코로나 위기에 대처하기 위한 동시감세 정책! 노동자와 자영업자를 위한 소득세 감세, 일자리 창출과 공정한 세제 개편을 위한 법인세 감세는 돈을 걷어 다시 나눠주는 방식이 아니라 국민과 기업에 직접 혜택이 갈 수 있는 간명한 방향입니다. 제 동시감세 공약 이후 여러 비판과 우려도 있었지만 문재인 정권도 동시감세로 방향을 전환했습니다.

'든든주거3박자' 정책! 좋은집충분공급전략으로 김포공항 부지를 비롯해 필요한 곳에 좋은 집을 충분히 공급하고, 가치성장주택으로 국민의 주거안정과 자산축적의 기회를 제공하겠습니다. 임대주거 지원제도를 통해 임대주택 사각지대도 해소하겠습니다.

바이미식스 대통령! 공격적 성장정책으로 대한민국의 번영을 이끌기 위해 바이오헬스, 2·3차전지, 미래차, 6G 4차산업혁명 핵심 산업에 공격적으로 투자해 성장을 이끌어 가는 정책을 말씀드렸습니다.

변화무쌍한 현실에

능수능란하게 대응하는 것이 바로

유능한 진보의 자신감입니다.

국부펀드의 떡잎투자전략을 통해 벤처 스타트업 기업을 유니콘 기업으로, 중소, 중견기업은 대기업으로 대기업은 글로벌 초일류기업으로 성장시키는 토양을 만들겠습니다. 삼성전자같은 기업 10개 20개 만드는 대통령이 되겠습니다.

초반부터 논쟁적 공약이었던 모병제와 남녀평등복무제! 전 국민이 국방의 주역이 되는 시대! 강력한 안보체계를 구축하려는 계획입니다.

제가 이런 발상전환의 정책들을 내놓자 일부에서는 박용진이 우파로 전향했다는 억지 비판, 신자유주의 논리아니냐는 낡은 비판도 있었지만 저는 개의치 않았습니다. 우리는 낡은 정치 문법, 진영 논리에서 벗어나야 하기 때문입니다. 낡은 이념적 접근, 진영논리로 현실을 재단해서는 안됩니다. 변화무쌍한 현실에 능수능란하게 대응하는 것이 바로 유능한 진보의 자신감입니다.

발상전환해야 그게 진짜 진보주의자입니다. 경제학자 케인즈도 김대중 대통령도 발상전환을 했기 때문에 새로운 주류가 될 수 있었습니다. 그래서 저는 오늘 여러분 앞에 이런 발상전환 정책들과 함께 제가 민주당과 대한민국을 이끌어 가는 새로운 주류가 되겠다는 다짐을 선언합니다.

유능한 진보로 민주당이 무장하고 새로운 진보의 길, 경제성장과 사회적 평등을 동시에 달성하는 발상전환의 정치세력으로 민주당이 변화 발전하도록 이끌어 가겠습니다.

강한안보, 강력한 경제성장정책, 포퓰리즘이 아닌 지속가능한 복지제도로 무장한 유능한 진보로 새로운 진보 주류세력을 형성하겠습니다. 민주당의 미래, 대한민국 정치의 새로운 시대를 열겠습니다.

재벌개혁과 유치원개혁에서 확실한 성과를 보인 사람, 공매도를 바로 잡고 자동차 제작결함 문제를 바로 잡은 사람, 한 번 한다면 끝을 보고 성과를 남긴 박용진과 함께 새로운 미래를 만들어 나갑시다.

감사합니다.

11

'유능한 진보'로
민주당이 변화 발전하도록 이끌어 가겠습니다

▶ 2021년 10월 10일
서울 합동연설회

마지막 연설이었던 서울 연설문입니다.

쓰면서 울었고, 연설하면서 또 울었습니다. 진심을 담아 호소했습니다. 청년

노동자들의 무참한 희생과 대장동 50억원 클럽, 사법기득권의 존재를 질타하

면서도 분이 풀리지 않았습니다.

서울 당원 동지 여러분! 기호 5번 박용진을 지지해주십시오

저는 지난 5월 9일 여야 대선주자들 중 가장 먼저 대권 도전을 선언했습니다. 그러나 사실은 제 대선도전은 1년도 더 전부터 시작되었습니다. 저는 작년 6월 13일 고창 선운사 도솔암 마애불 앞에서 출정식을 가졌습니다. 그곳은 세상이 바뀌기를 갈망했던 동학농민군들이 모여 기세를 올렸던 곳입니다.

가난과 착취, 차별이 없는 새로운 세상을 갈망했던 백성들의 염원이 그곳에서 그랬던 것처럼 저도 그 곳에서 불공정과 불평등에 맞서 더 강한 용기를, 대한민국의 온갖 난제를 풀어나갈 지혜를 갈구했습니다. 정말로 간절하게 스무살 때 품었던 착한 마음이 실현될 수 있도록 우리 국민 모두가 평등한 세상에서 살 수 있도록 앞장서겠다고 각오를 다졌습니다.

그렇게 시작한 대권도전이었습니다. 아쉽게도 세상을 바꾸는 선두에 서는 역할이 이번에 제게 주어지지 않을 것 같습니다. 그러나 오늘은 제게 민주당 경선의 결승선이면서 동시에 평등하고 정의로운 세상을 향한 박용진의 새로운 출발선입니다.

선봉이 되지 못했다며 그냥 한 걸음 뒤로 물러서 있기에는 세상은 여전히 너무 많이 불공정하고 불평등하며 아직도 불의와 반칙이 정의와 상식을 뒤덮고 있고 현실은 우리 청년들에게 너무 잔인하기 때문입니다.

지난 27일 인천 연수구에서 아파트 외벽을 청소하다 줄이 끊어져 사망한 청년 노동자는 이제 겨우 29살이었습니다. 그는 어린아이가 있는 젊은 가장이었습니다. 역시 똑같은 사고로 사망한 구로구의 한 청년, 그는 군대 가기전 돈을 벌기 위해 아르바이트로 한번도 해 본적 없는 그 일을 하다 유명을 달리했습니다. 그는 23살이었습니다.

태안화력발전에서 숨진 김용균 씨는 사고 당시 24살, 평택항 깔림 사고로 숨진 이선호 씨는 23살, 구의역에서 스크린 도어 수리하다 열차에 치여 숨진 김 군은 그 때 나이 생때같은 19살, 며칠전 여수에서 위험한 잠수 작업에 투입되었다 사망한 실습생 홍정운 군은 아직 채 피어보지도 못한 아까운 나이 17살입니다.

환장할 정도로 아깝고 비통한 이들의 죽음이 우리 모두에게 더 잔인했던 건 이 청년들에게 닥친 끔찍한 산재사고 때문만이 아니었습니다.

김용균 씨에게는 1억 3천만원, 평택항의 이선호 씨에게는 1억 3천 9백만원, 언론에 보도된 이들에게 주어진 산재보상금 등이었습니다. 구의역의 김 군에게는 겨우 7천 9백만원이었습니다.

예, 그야말로 사람의 목숨값이죠. 한쪽에서는 사람의 목숨값이 겨우 7천 9백만원으로 위로되고 있는데 화천대유 곽상도의 아들은 어지럼증 산재 위로금만 50억원이랍니다. 한쪽에서 서민의 자녀들이 자기 나이의 앞줄에 30이라는 숫자 하나를 얹어 보지도 못하고 죽어 가는데 잘 나가는 특검의 딸은 어쩌다가 시가가 14억원이 넘는다는 대장동 아파트를 헐값으로 분양받았답니다.

우리가 분노하는 건 대장동에서 어떤 누군가가 협잡으로 돈을 많이 벌어서가 아니라 이 불공정한 세상과 불평등한 죽음이 그 돈잔치 한 가운데에서 너무 가슴 아프고 적나라하게 드러났기 때문입니다.

대장동 사태와 드라마 '오징어게임'은 우리에게 너무 잔인한 한국사회의 양극화를 보여주고 있습니다. 화천대유 고문 변호사로, 혹은 이런 저런 인연으로 이름을 올린 사람들은 별로 하는 일 없이도 수억씩원 돈을 챙기고 '오징어 게임'의 주인공인 쌍용 해고노동자는 신체포기 각서에 도장을 찍어야 하고 자신의 목숨을 걸어야 하루하루를 살아갑니다.

어떤 청년의 목숨값은 1억원도 되지 못하는데, 어떤 전직 판검사님들은 변론요지서 종이 쪼가리에 자기 이름 올려주는 이름값으로만 몇 억원을 받아 처먹고도 뇌물이 아니라 정당한 법률 서비스 비용이라고 큰소리 치고 전직 관료, 전직 국회의원 이름 팔아 한 자리씩 나눠먹는 세상, 이게 어떻게 정상입니까?
그 이름값으로 이권을 봐주고, 잘못을 눈감아주는 것이었다면 그게 바로 특혜고, 그게 바로 뇌물이고 그게 바로 우리 국민들 피

멍들게 하는 범죄인 것입니다. 어떻게 당신들의 이름값이 사람의 목숨값 보다 더 높을 수 있단 말입니까?

부자집 아이들 다시 부자 되고 가난한 집 아이들 그 가난을 다시 되물림하는 세상도 모자라서 이젠 아예 부모 잘 만난 사람들이 기회의 평등도, 과정의 공정도, 결과의 정의도 싹 다 말아먹고 있는 사회는 희망이 없습니다.

기회조차 만들어 주지 못한 부모가 자식 앞에 고개 떨구고 미안해해야 하는 세상에 어떻게 희망이 있을 수 있습니까?

바꿔야 합니다! 우리 민주당은 국민들에게 이런 세상을 바꾸겠다고 약속했던 것 아닙니까? 다른 세상을 만들어야 합니다! 우리가 하면 다른 세상을 만들 수 있다고 국민들에게 다짐했던 것 아닙니까?

그런데 지금 국민들께서는 너희가 해서 뭐가 달라졌느냐고 묻습니다. 가난은 더 지독하게 대물림되고 희망은 말라 비틀어져 가고 있는데 사회양극화는 더 극심해져 가고 있다고 민주당을 질타하고 계십니다!

"민주당, 니들도 똑같아!" 이렇게 평가되면 우리는 끝나는 겁니다. 민주당도 똑같다는 말은 우리가 국민의 신뢰를 배신했다는 말과 같은 것입니다. 이미 지난 4.7 재보궐선거에서 국민들께서는 우리 민주당에게 준엄한 경고를 내렸습니다. 변하지 않으면 국민들께서 민주당을 버릴 것이라는 무시무시한 경고였습니다.

남에게 엄정하고 같은 편에게는 한없이 부드러운 정치적 이중잣대 버려야 합니다. 국민들은 그것을 내로남불이라 부르며 경멸하십니다. 국민들 먹고사는 문제에는 무기력하면서 개혁이라는 이름의 실속없는 말잔치만 벌이는 것에 국민들은 지쳐가고 계십니다.

위선과 무능은 정치가 가장 멀리해야 하는 단어입니다. 정치적 위선과 민생무능이 아닌 도덕성과 실력으로 무장한 민주당이어야 우리는 이길 수 있습니다. 정권교체를 더 바란다는 국민의 목소리를 더 두려워해야 하고 한없이 겸손해야 합니다. 그래야 대선에서 승리할 수 있습니다.

저부터 민주당의 변화, 한국정치의 세대교체에 앞장서겠습니다. 이제 딱 5개월 남은 대선, 우리의 적은 국민의 힘이 아니라 변하지 않으려는 우리 내부의 오만함과 게으름, 안일한 자세 아닙니까! 코딱지 만한 기득권과 낡은 이념과 진영논리가 우리를 무너뜨리고 있습니다. 변화하는 것을 두려워 하지 맙시다. 그래야 승리할 수 있습니다.

저는 어제 그동안 제가 말씀드린 발상전환 정책들과 함께 제가 민주당과 대한민국을 이끌어 가는 새로운 주류가 되겠다는 다짐을 선언드렸습니다.

변화무쌍한 현실에 능수능란하게 대응하는 '유능한 진보'로 민주당이 무장하고 새로운 진보의 길, 경제성장과 사회적 평등을 동시에 달성하는 발상전환의 정치세력으로 민주당이 변화 발전하도록 이끌어 가겠습니다.

　강한안보, 강력한 경제성장정책, 포퓰리즘이 아닌 지속가능한 복지제도로 무장한 '유능한 진보'로 새로운 진보 주류세력을 형성하겠습니다. 민주당의 미래, 대한민국 정치의 새로운 시대를 열겠습니다.
　그동안 박용진의 도전을 응원하고 격려해준 분들 한표 한표 미래를 위해 투자해 주신 분들 모두에게 감사드립니다.

　오늘은 박용진이 한국정치의 새로운 주류를 선언하고, 새로운 도전을 시작하는 출발선에 선 날입니다. 또 만나뵙겠습니다.

　감사합니다.

3부

발상전환의 정치를 앞세워 새로운 길을 만들겠습니다!

20대 대통령선거 더불어민주당 경선 기자회견문

국민에게는 커리어형성의 권리를!
기업에게는 혁신성장의 기회를!

– 행복한 개인, 성장하는 기업,
선도하는 국가로 나아가는 3박자를 만들겠습니다.

 ▶ 2021년 5월 27일

대통령선거 경선을 통해 민주당의 집권역량, 박용진의 대통령으로서의 자질을 인정받을 수 있는 정책적 능력을 보여주고 싶었습니다. 첫 출발부터 그 당시 흔들리고 있었던 청년세대들을 향한 미래지향적인 공약을 앞세우려 했습니다. 커리어형성권은 무엇보다도 자신의 미래를 착실하게 준비하고 싶은, 성실한 청년세대를 지원하기 위한 것이었습니다. 부모와 대학에 따라 달라지는 출발점이 아니라 사회적 뒷받침이 이뤄지고, 어떤 곳에서 일하든 최선을 다하는 사람들이면 경력단절, 이직으로 인한 피해를 두려워 하지 않을 수 있도록 하려는 정책이었습니다. 청년지원은 성실하게 일하면 미래가 보장되는, 미래를 갉아먹는 방식이 아니라 미래를 준비하는 방식으로 청년세대를 위한 지원 정책 경쟁이 이뤄지기 바랐습니다.

　저는 지난 9일 대선 출마를 선언하고 나서 〈온국민행복정치연
구소〉 창립 연속세미나를 통해 박용진이 만들어 갈 대한민국에
필요한 정책들을 하나씩 공개하고 있습니다. 앞으로 '행복국가'를
위한 박용진의 대선 공약이 될 정책들입니다.

　첫 번째 세미나에서는 행복국가와 행복추구권에 대해 말씀드렸

고, 두 번째 세미나에서는 교원평가제를 바탕으로 한 교육개혁에 대해 설명 드렸습니다. 네 번째 세미나는 온국민 병역을 주제로 모병제와 평등병역에 대해 말하고, 다섯 번째 세미나는 국민자산 5억 성공시대, 여섯 번째 세미나는 기후변화에 따른 노동시장의 변화를 다룰 예정입니다.

오늘은 세 번째 세미나입니다. 오늘 세미나에서는 '커리어형성권'과 청년과 혁신기업 지원에 대해 말씀드리고자 합니다.

커리어형성권이란 국민 개개인이 자신의 가치관과 개성에 맞는 경력을 쌓아가는 데 있어 스스로 결정하고 이행할 수 있는 권리를 말합니다. 특정의 자격 유무나 고용형태와 무관하게 현재 일하고 있거나 일하려는 모두에게 적용되는 권리입니다.

우리 국민들, 특히 청년들에게 각종 경력개발 지원 정책이 국가와 지방자치단체가 찔끔찔끔 베푸는 시혜가 아니라 당당한 권리가 될 수 있도록 하겠습니다. 쉽게 편리하게 행정을 혁신하고 지원정책을 더하겠습니다.

그동안 많은 혁신 창업기업가들과 청년들을 만났습니다. 김봉진 배달의민족 대표 소개로 지난해 11월 스타트업 포럼을 처음 방문했습니다. 이후 왓챠, 런드리고 등 혁신창업가와 혁신정치인이 만나는 자리를 마련했습니다. 올해 1월에는 광주에서 AI 인공지능 청년창업자들을 만났고, 울산에서 테크노파크 입주기업 간담회도 했습니다. 2월에는 부산에서 혁신기업 간담회를 가졌고, 3월에는 청주의 청년과 대학생들을 만났습니다. 5.18을 앞두고 얼마 전 광주에 갔을 때 광주 청년들과 대담도 했습니다. 어제도 인천의 청년 창업 지원공간인 유유기지에 다녀왔습니다.

우리 청년들 정말 열심히 삽니다. 항상 노력하는 삶입니다. 학업에 열중하고, 취업에 애쓰며, 취업 후에도 자기개발에 여념이 없습니다. 혁신창업가들도 마찬가지입니다. 언제나 도전하는 삶입니다. 시장에 존재하는 각종 규제, 독과점 체제의 견고한 벽을 넘어서려고 애쓰고 있습니다.

제가 최근 틱톡커 활동을 시작했습니다. 자원봉사로 저를 도와주는 선배 틱톡커 세분 중 두 명은 스무 살, 한 명은 스물네 살입니다. 틱톡 활동으로 돈 벌고, 세금 내고, 꿈을 찾고 자기 계발을 하면서 열정을 다하고 있습니다.

제가 만나본 모든 청년들이 바라는 것은 고작 돈 몇 푼이 아닙니다. 자신들의 노동과 노력, 열정이 존중받기를 바라고 있었습니다. 국가가 나서서 청년들을 위한 제도를 만들어야 합니다.

1천만원, 3천만원, 1억원을 주겠다는 현금살포식 '소득복지정책'을 넘어 자신의 노력과 노동으로 오늘을 당당하게 살아가고, 안정된 미래를 준비할 수 있도록 국가가 뒷받침해야 합니다. 이를 위해 커리어를 쌓을 기회를 제공하는 행복국가 시스템을 만들어야 합니다.

이제는 커리어가 곧 '자산'인 시대입니다. 그리고 저는 청년들을 위해 노력이 배신하지 않는 사회를 만들고 싶습니다. 청년들이 스스로 자신의 인생을 계획해 이끌어나가고, 커리어를 비롯한 자산을 지속적으로 축적할 수 있도록 그 길을 열고 지원하겠습니다.

용기 있는 젊은 대통령 박용진이 나서겠습니다.

국민과 함께 행복국가를 만들겠습니다.

커리어형성권은 특정 시기의 취업, 이직을 위한 직업교육 지원으로만 보장되는 것이 아닙니다. 개인의 전 생애에 걸쳐 보장되어야 하는 가치입니다. 청년만이 아니라 '온국민의 커리어형성권'을 국가가 책임지겠습니다. 커리어 형성 과정에서 군대나 출산 등의 이유로 경력이 단절되지 않도록 위기상황을 관리하고 지원하겠습니다. 열심히 일하고 공부하며 노력하는 사람의 삶이 빛날 수 있도록, 복지정책을 강화해 행복국가를 만들겠습니다.

국가가 인생 전반에 걸쳐 국민 개개인의 라이프사이클에 맞는 커리어 형성 과정을 지원하고, 자기주도적인 삶의 설계가 가능하도록 '국민 지원군'이 되겠습니다. 행복한 개인, 성장하는 기업, 선도하는 국가로 나아가는 3박자를 만들겠습니다.

경력 단절 해소, 학력 및 자격증 획득 지원, 전문성 강화 훈련 등 평생학습체계를 구축하겠습니다. 일하면서 경력 쌓고, 쉬면서 경력 도약을 준비하는 '경력이동의 사다리'를 만들겠습니다. 학벌, 지역, 성별에 따른 채용 차별을 해소하겠습니다. 취업 이후에도 고용형태와 무관하게 비정규직도 커리어를 쌓을 수 있도록 돕겠습니다. 장애인의 고용보장을 위한 커리어형성도 지원하겠습니다. 결혼 이후에는 출산과 육아로 경력이 단절되지 않도록 직장어린이집 설치를 적극 확대하겠습니다. 남녀불문 맞벌이 부부의 안정적인 커리어 운영을 지원하겠습니다.

또 은퇴나 퇴직 후에도 직업훈련 프로그램을 통해 자격증 등을 따서 인생 2막의 커리어를 열 수 있는 기회를 제공하겠습니다.

커리어형성권을 위해 '커리어 형성 원카드'라는 국민 성장 지원 정책을 마련하겠습니다. 정부, 지자체, 학교 별로 제공하는 교육훈련사업 지원금을 통합해 접근성을 높이겠습니다. 부처별로 흩어져 있는 취업프로그램, 직업교육 프로그램들을 하나로 묶어 서비스의 단절과 중복을 막겠습니다. '복지혜택을 누리려면 알아서 찾아라' 식의 지원방식과는 결별하고, 국가가 국민을 위해 적극적으로 기회를 제공하겠습니다. 행정서비스 혁신만으로도 충분히 가능한 일입니다.

국민에게는 커리어형성의 권리를! 기업에게는 혁신성장의 기회를!

국민이 먹고사는 문제를 넘어 행복을 추구할 수 있는 사회, 국가가 커리어 형성의 도약대로 기능할 수 있는 대한민국을 박용진이 만들겠습니다. 서민이 중산층으로, 중산층이 부자로, 부자가 세계적 갑부가 될 수 있어야 합니다. 중소기업은 중견기업으로, 중견기업은 대기업으로, 대기업은 글로벌 대기업으로 발전시키겠습니다. 또 스타트업은 유니콘 기업으로 성장하도록 지원하겠습니다.

우리 대한민국은 선도국가입니다. 선진국의 반열에 일찌감치 올랐습니다. 권위주의 시대에 구축된 기업문화와 경제 질서라는 낡은 옷은 이제 벗어야 합니다. 박용진이 새로운 대한민국으로 가는 길을 열겠습니다.

4차 산업혁명시대에 맞춰 새로운 도전과 기술 개발로 무장한 혁신기업들이 활력 넘치는 창조의 생명력을 발휘하게 해야 합니다. 관료의 도장규제, 기존 주류사업자의 진입장벽 규제, 대기업 중심의 시장독점 규제 등 3대 규제를 과감하게 부수겠습니다. 대한민국에 혁신의 고속도로를 뚫겠습니다.

도전과 혁신 에너지가 넘치는 경제 질서를 만드는 일에 정치가 보다 과감해져야 합니다. 용기 있는 젊은 대통령 박용진이 나서겠습니다. 국민과 함께 행복국가를 만들겠습니다. 행복해지기 위한 노력을 돕는 '행복추구권'을 바탕으로 커리어를 쌓도록 지원하는 '커리어형성권'을 보장하겠습니다.

소신 있게 행동하고, 손해를 보더라도 할 말은 하고, 불리하고 힘들어도 할 일은 하겠습니다. 정치의 세대교체로 대한민국의 시대교체를 반드시 만들겠습니다.

응원해주십시오. 감사합니다.

모병제로 갑시다!
남녀평등복무제로 갑시다!

 ▶ 2021년 6월 3일

〈남녀평등복무제〉는 모병제로의 전환 + 40일~100일 군사훈련 군복무 대체 + 여성 군사훈련 의무참여 + 강력한 예비군제 실시로 구성된 국방개혁 정책 공약이었습니다. 〈박용진의 정치혁명〉에도 이미 그 아이디어가 제시되어 있었습니다. '이대남' 현상이 언론에 집중 조명을 받으면서 정책 전반이 아니라 '여성도 군대에 간다'는 부분만 보도되면서 남녀 청년세대 갈등을 이용하려는 정책이라는 오해도 받았습니다. 그러나 대한민국의 병역체계는 더 이상 강제 징집과 대규모 병력 유지로 지속되기 어려운 상황에 와 있지만 국방부를 비롯한 기득권층이 병역개혁을 가로막고 있다는 느낌이 들 정도로 논의가 지체되고 있습니다. 경선에서 승리한 이재명 후보가 '한국형 모병제 도입' 공약의 일부를 받아들였습니다. 모병제와 남녀평등복무제는 다음 대통령선거에서 바로 국민적 논의를 시작하고 시급히 도입되어야 할 정책이라고 생각합니다.

얼마 전 저는 제 책 <박용진의 정치혁명>을 통해 모병제 전환을 통한 정예강군 육성을 제안한 바 있습니다. 이후 모병제에 대한 국민들의 관심은 점점 높아지고 있습니다. 한국갤럽이 지난달 25일부터 27일까지 전국 만 18세 이상 1,003명을 대상으로 진행한 여론조사를 보면 '징병제를 폐지하고 모병제를 도입해야 한다'는 응답이 43%였습니다. 2016년 실시한 여론조사에서 '모병제 전면 도입' 찬성 비율이 35%였던 것을 감안하면, 모병제 도입에 대한 사회적 논의 시점이 본격화된 것으로 보입니다.

모병제 전환은 우리 사회에서 꽤 오랫동안 논의되어 온 과제입니다. 김영삼 정부 시절 20만명 규모의 군사로 단계적 감축을 위한 검토가 이뤄졌고, 김대중 정부와 노무현 정부에서도 모병제 검토 필요성이 제기됐습니다. 문재인 대통령 또한 2019년 국민과의 대화에서 모병제 도입이 아직 현실적으로 형편이 되지는 않지만 우리 사회가 언젠가는 가야 할 길이라면서 중장기적으로 설계해 나가자고 말씀하신 바 있습니다.

하지만 정작 주무부서인 국방부는 여전히 뒷짐만 지고 있습니다. 모병제에 대해 벌써 20년 가까이 논의가 이어져왔고, 국민적 관심이 높아졌음에도 불구하고 "군사적 효용성과 국민적 공감대 형성을 통한 '사회적 합의'를 고려해 결정할 사안"이라는 하나마나한 소리만 내놓고 책임회피에만 급급합니다. 몹시 실망입니다.

모든 국민이 행복하고 든든한

안보의 주역이 되는

온국민행복병역시대를 열겠습니다.

이대로 마냥 시간만 끌고 있을 수 없습니다. 이제는 진짜 모병제 전환에 대한 논의를 시작해야 할 때입니다. 시간이 많지 않습니다.

국방부에 촉구합니다! △인구 감소에 대비한 병역자원 확보 △첨단무기체계에 기반을 둔 정예강군 육성을 위해 하루 빨리 모병제 전환을 위한 중장기 발전 방안을 제출하길 바랍니다.

대선 출마를 선언했거나, 결심하신 후보들께도 제안합니다! 대한민국 병역 체계에 대한 견해와 생각을 확실히 밝히고, 대선 경선 과정에서 치열한 토론을 통해 정치적, 사회적 합의를 만들어 갑시다.

신성한 국방의 의무라는 이름으로 포장하고 청년들을 헐값에 강제로 징집하는 징병제, 더 이상은 안 됩니다. 국가안보를 위해서라도 병역제도는 개선되어야 합니다. 또 국가를 위해 희생하고 헌신하는 청년들을 대우해주고 보상해주는 것이 마땅합니다. 나아가 모병제 대상자들에게 100대 대기업 초봉 수준의 급여를 지급해야 합니다. 저는 △남녀평등복무제와 △군인연금법 개정 △군 장병 의료비 지원 강화 등 제도 개선을 통해 성공적인 모병제 전환을 하자고 제안합니다.

첫째, 남녀평등복무제를 전격 도입해야 합니다.

남녀평등복무제는 모병제 전환을 전제로 남녀 불문 온 국민이

40일에서 100일 정도의 기초 군사훈련을 의무적으로 받는 혼합병역제도입니다. 일정 나이까지 연간 일정 기간의 재훈련을 받는 강력한 예비군제도로 모병제를 뒷받침해야 합니다.

헌법 제39조에 "국민은 법률이 정하는 바에 의하여 국방의 의무를 진다"고 되어 있습니다. 그런데 병역법 3조에는 "남성은 병역의무를 성실히 수행하여야 한다"면서 "여성은 지원에 의하여 현역 및 예비역으로만 복무할 수 있다"고 규정되어 있습니다. 이제는 바꿔야 합니다.

KBS가 지난해 9월 22일부터 24일까지 국민패널 1,012명을 대상으로 진행한 여론조사에서 '여성 징병제 도입 찬성' 응답은 52.8%로 과반을 넘겼고, 반대는 35.4%였습니다. 지난달 한국갤럽 여론조사를 봐도 '남성만 징병' 응답은 47%, '남녀 모두 징병' 응답은 46%로 팽팽합니다. 징병 대상인 20대에서는 '남녀 모두 징병' 응답이 51%로, '남성만 징병' 응답인 37%보다 10% 포인트 이상 앞섰습니다. 여성 사이에서도 '남녀 모두 징병' 찬성 응답이 47%로, '남성만 징병' 응답인 43%보다 많았습니다.

남녀평등복무제는 모든 국민이 국방의 의무를 져야 한다는 헌법 정신을 반영한 것입니다. 남성 징집제에 기인하는 남성 중심 문화, 남성 우월적 제도 개선의 시작점이 될 것입니다. 또 여성들 사이에서도 '남녀 모두 징병' 찬성 응답이 높은 만큼 남녀평등복무제를 위한 사회적 공감대는 매우 높다고 봐도 될 것입니다. 저는 남녀평등복무제가 △군사안보 강화 △헌법정신 실현, △사회갈등 해소를 위한 '1석 3조'의 진보적 대안이라고 자부합니다.

모병제로 전환하면 돈이 많이 들지 않겠냐는 우려가 있어 저희 의원실에서 모병제로 전환하고, 남녀평등복무제를 도입할 경우 추가 재정소요를 국회예산정책처에 의뢰해봤습니다. 기간은 2022년부터 2026년까지 5년으로 하고, 모병제 전환 시 현 병력의 절반 수준, 혹은 3분의 2 수준을 유지하는 비용과 여성 징병대상자에 대한 △병영판정검사 △기초군사훈련 비용 등을 추계해봤습니다.

현행 징병제를 유지하면 5년간 16조 4,533억원이 드는데, 모병제로 전환해 현 병력의 절반 수준인 15만명을 유지하면 6조 5,236억원, 3분의 2 수준인 20만명을 유지하면 14조 1,826억원이 더 든다고 합니다. 병역판정 검사비는 약 1,165억원, 기초군사훈련비는 약 3조 9,701억원이 소요됩니다. 대한민국 정예강군 육성을 위해 감당하기 어려운 수준은 아닐 것이라고 생각합니다.

둘째, 군인이라면 누구나 군인연금에 가입할 수 있어야 합니다.

우리나라의 현행 군인연금법은 장기복무를 하지 않는 하사관 및 병은 연금 대상이 아니라고 명시하고 있어 말만 '군인연금'이지 사실상 '간부연금'이나 다름없습니다. 똑같이 국가를 위해 젊음을 바쳐 헌신하는 군인이라면 간부, 현역병 구분 없이 누구나 군인연금에 가입할 수 있어야 합니다.

군인연금 가입으로 청년들이 입대하는 순간부터 노후대비를 할수 있도록 하겠습니다. 군인연금 가입 경력을 제대 이후 그대로 인정해 국민연금이나 공무원연금, 사학연금 등 기타 공적연금 가입경력과 합산하여 평생 노후대비 연결사다리를 만들겠습니다. 군인연금에 가입하면 장애를 입을 경우 곧바로 연금을 받게 되어 기본적인 생활 영위가 가능해진다는 장점 또한 있습니다. 노후소득보장과 장애 대비가 튼튼해지면 군에 복무했던 18개월이 인생의보람 있는 시간이 될 것입니다. 또 군인연금 가입기간 중 적립한 납부금은 구직활동 저축계좌로 이전시켜서, 계속 적립해 공적연금과연계할지 혹은 교육이나 취업활동을 위한 종자돈으로 활용할지를선택할 수 있도록 하겠습니다.

셋째, 간부든 병사든 구분 없이 자신이 원하는 병원을 선택해서양질의 의료서비스를 받을 수 있어야 합니다.

현재 군 간부는 국민건강보험제도의 피보험자이지만 병사들은가입 대상이 아닙니다. 입대 전 자격 여부와 상관없이 현역병으로징집되는 순간 국민건강보험제도 가입에서 제외됩니다.

2017년 장병들이 병원에서 치료받은 건수는 총 408만건, 그 중민간병원을 이용한 건수는 126만건으로 31%에 불과합니다. 입원환자의 경우 전체 7만 8천명 가운데 민간병원 이용은 46%에 이르는 3만 6천명 정도입니다. 현재 장병들은 민간병원은 특수한 예외적 경우에만 이용 가능합니다. 지정 군병원만 갈 수 있어 양질의

의료서비스 체계 확립이 어렵습니다.

간부든, 병사든 구분 없이 군인이라면 누구나 건강보험에 가입해 아무 걱정 없이 치료받을 수 있도록 제도 개선을 추진하겠습니다. '군대에서 다친 사람만 손해'라는 말이 더 이상 나오지 않도록 하겠습니다.

박용진의 세 가지 제안을 바탕으로 한 모병제가 도입되면 △최첨단 무기체계와 전투 수행능력 예비군 양성을 축으로 정예강군 육성이 가능해지고, △의무복무기간을 줄여 청년세대의 경력 단절 충격을 축소하고, △병역 가산점제도를 둘러싼 불필요한 남녀차별 논란을 끝낼 수 있습니다. △병역 의무면제 및 회피를 둘러싼 사회적 갈등도 최소화 될 것입니다.

모든 국민이 행복하고 든든한 안보의 주역이 되는 온국민행복병역시대를 열겠습니다. 모병제 전환을 통해 정예강군을 육성하고, 남녀평등복무제로 전 국민이 국방의 주역이 될 수 있도록 하겠습니다. 군 복무기간 동안 군인연금을 적용해 청년들의 사회 진출도 뒷받침하겠습니다.

박용진이 낡은 병역제도를 바꾸겠습니다! 그래서 국민의 삶을 바꾸고, 행복국가 대한민국을 만들겠습니다. 용기 있는 젊은 대통령, 박용진과 함께해 주십시오.

감사합니다.

나라도 부자로! 국민도 부자로!
국민자산 5억 성공시대를 열겠습니다

 ▶ 2021년 6월 10일

'집차건교자(내 집 마련, 내 차 마련, 가족건강, 자녀교육, 노후자산)'로 요약되는 우리 국민들의 소박한 희망을 뒷받침하기 위한 구상과 함께 국가경제적인 측면에서 국민들의 미래 대비를 위한 고민의 시작을 담았던 제안입니다. 기본소득에 대해 비판적 접근을 했고, 퍼주기가 아니라 노동하는 만큼 일하는 사람이 대접받는 국가 시스템의 구축을 설명하려 했습니다.

우리는 누구나 부자가 되는 것을 꿈꿉니다. 열심히 일하고, 아껴서 저축하는 것은 모두 더 나은 미래를 위해서입니다. 하지만 시대가 변했습니다. 월급과 저축만으로 내 집을 마련할 희망은 더 이상 보이지 않습니다. 청약 저축을 통한 아파트 분양도 하늘의 별 따기입니다.

최근 언론보도에 따르면, 국내 4대 가상화폐 거래소의 올해 1분기 신규가입자 총 249만 5천여명 중 2030 청년이 158만 4,800여명으로 63.5%에 달합니다.

가상통화 열풍은 국민들, 특히 청년들의 불안한 현실 인식을 보여줍니다. 청년들은 왜 이렇게까지 가상화폐에 열광할까요? 이렇게라도 해야 낙오되지 않는다는 불안함이 가상화폐와 같은 공격적인 투자수단에 뛰어들도록 만드는 것입니다.

이대로는 안 됩니다. 바꿔야 합니다. '열심히 일하고 성실하게 모으고 정직하게 살면 부자가 될 수 있다'는 희망을 되살리겠습니다. 모든 국민이 행복하게 자산 성장을 꿈꾸는 시대를 열겠습니다. 그것이 정치가 해야 할 일이고, 젊은 대통령 박용진이 만들 대한민국입니다.

나라도 부자로! 국민도 부자로! 국민자산 5억 성공시대를 열겠습니다!

국민연금 기금운용본부와 한국투자공사를 통합하고, 해외인재를 적극 영입해 대한민국 국부펀드, 일명 '한국판 테마섹'을 설립하겠습니다. 테마섹(Temasek)은 싱가포르의 국영 투자회사로 40년 연평균 수익률이 14%에 달합니다.

박용진 정부의 '한국판 테마섹'은 대통령이 직접 관심가지고 책임지는 세계 최고 수준의 국부펀드 운용기관이 될 것입니다. '한국판 테마섹'에서는 약 850조원 수준의 국민연금과 고용보험기금, 국민연금기금, 보훈기금 등 60여개 연기금의 여유자금 100~200조원, 외환보유고 중 한국투자공사가 위탁 운용중인 100~200조원을 통합 운용하게 됩니다.

박용진 정부는 7%의 수익률을 달성해 국민자산 5억 성공시대를 이룩할 것입니다. 연수익율 7%는 결코 불가능한 숫자가 아닙니다. 이미 국민연금은 약 6%의 수익률을 거두고 있고, 여기에 최고의 인재들을 더하면 7% 수익률 달성은 충분히 가능합니다. 해외 연기금 등은 8%가 넘는 수익률을 보이는 곳이 많습니다.

현재 국민연금 고갈 시점은 2057년으로 전망되는데 각종 연금과 외환보유고, 기금의 통합 운영으로 수익률을 1%만 올려도 연간 10조원 이상의 국민부담 절감 효과가 있고 수익률을 7%로 높이면 고갈 시점을 수십 년 미룰 수 있습니다.

국민연금 개혁과 함께 국민연금을 더 튼튼하게 하는 일, 우리 청년들이 연금 고갈에 대한 우려 없이 안심하고 노후 설계를 하도록 하는 일, 박용진이 해내겠습니다. 국민의 재산인 각종 연기금과 국가 자산들을 더 성장시키고 알차게 만드는 일도 박용진이 해내겠습니다.

지금까지 '나라를 부자로 만들 수 있는 방법'을 말씀드렸습니다. 이제부터 '국민을 부자로 만들 수 있는 방법'을 말씀드리겠습니다. 박용진 정부에서 우리 국민들은 개인 저축성 정책상품인 '국민행복적립계좌' 가입을 통해 한국판 테마섹이 운영하는 국부펀드에 참여하실 수 있게 됩니다. 기존에 가입했던 청약저축, 퇴직연금 등을 국민행복적립계좌로 전환이 가능할 수 있도록 하겠습니다. 그렇게 되면 7%라는 안정적인 수익률 보장으로 내 집 마련은 물론, 노후준비가 훨씬 더 든든해질 것입니다. 이 제안은 현재 경제활동에 참여하고 있는 30~50대에게 큰 힘이 될 것이며 지금 쌓아가고 있는 자산의 더 높은 성장을 보장할 수 있을 것입니다.

또한, 박용진 정부의 국부펀드 한국판 테마섹을 통해 7%라는 안정적인 수익률이 보장되면 우리 20~30대 청년들은 안정적이고 장기적인 인생 설계와 노후 준비가 가능해 지금과 전혀 다른 삶을 계획할 수 있을 것입니다.

신한은행의 '보통사람 금융생활 보고서'에 따르면, 우리 사회 최저임금 노동자의 매달 저축 금액은 평균 50만원입니다. 매달 50만원씩 30년간 저축할 경우 원금은 1억 8,000만원입니다. 현재 은행들의 대략적인 평균 금리인 2% 월복리를 적용하면 이자는 6,677만원으로 수령액은 2억 4,467만원에 불과합니다.

하지만 한국판 테마섹을 통한 7%의 월복리를 적용하면 이자만 4억 3,354만원이고, 원금까지 총 6억 1,354만원을 수령할 수 있습니다. 만약 30년 적립금인 6억원을 60세 이후부터 90세까지 연금식으로 지급받는다면, 월 399만원씩 수령할 수 있게 됩니다.

우리 청년들이 최저임금 수준의 노동만 꾸준히 하더라도, '국민행복적립계좌'를 통한 399만원과 기존의 국민연금, 별도의 퇴직금을 합쳐 나의 인생을 설계할 때 지금과 전혀 다른 미래를 만들어 나갈 수 있습니다.

최저임금 노동으로도 나의 인생이 초라해지지 않고 하고 싶은 일을 할 수 있는 사회를 만들어 가겠습니다. 우리 청년들이 지금 무슨 일을 하던 내 노후가 비참해질 것이라는 두려움 없이 미래를 설계해 나갈 수 있도록 하겠습니다. 젊은 대통령 박용진이 앞장서서 그런 나라를 만들겠습니다. 국가가 마땅히 해야 할 국민 자산 축적 제도를 제시해 드리겠습니다.

우리 청년들이 지금 무슨 일을 하던

내 노후가 비참해질 것이라는

두려움 없이 미래를 설계해 나갈 수 있도록 하겠습니다.

현금성 복지로는 자산 불평등의 문제를 해결할 수 없습니다. 1천만원을 주겠다, 3천만원을 주겠다, 나는 1억원을 만들어 드리겠다는 식의 세금 걷어 나눠주겠다는 낡은 방식을 우리 국민들은 원하지 않습니다. 낡은 현금복지 경쟁에 기댄 낡은 정치는 이제 그만해야 합니다. 분기별로 돈을 얼마 주겠다거나, 일정 나이가 되면 돈을 주는 방식으로는 국민들이 장기적인 삶을 계획하고 꾸려나갈 수 없습니다.

점점 벌어지는 자산격차 앞에 불안을 느끼는 국민들에게 국가가 적극적으로 재테크할 수 있는 길을 열어주어야 합니다. 성실하게 저축해서 자산을 축적하고, 내 집 마련과 노후준비를 위해 안정적인 투자를 할 수 있도록 하겠습니다.

대한민국 국민들처럼 부지런하고 일 열심히 하는 국민들 없습니다. 우리 국민들은, 우리 청년들은, 돈 몇 푼의 정책으로 초라하게 취급받기를 바라지 않습니다. 자신의 노력, 열정, 노동이 우리 사회에서 소중하게 인정되기를 바랄 뿐입니다.

자신의 노력이 충분히 보상받고, 자신의 열정이 충분히 박수 받고, 자신의 노동이 충분히 존중받기를 바라는 것입니다. 국가는 그런 사회를 만들어야 합니다. 대한민국 대통령은 그런 사회를 만들고 제도를 설계할 의무가 있습니다. 젊은 대통령 박용진이 그 일을 해내겠습니다.

발상전환(發想轉換)!

모두가 그게 되겠느냐고 할 때 박용진은 그 일을 해냈습니다. 박용진은 할 수 있습니다. 유치원개혁, 재벌개혁, 공매도개혁, 현대차 제작결함 리콜 등 모두가 안 된다고 할 때 성과를 만들어 온 박용진이 우리 시대가 바라는 '용기 있는 젊은 대통령'으로 새로운 대한민국의 미래를 국민 여러분과 함께 만들어 내겠습니다.

"나도 부자가 될 수 있다"는 희망으로 가득한 나라, "열심히 돈을 모아 집을 살 수 있다"는 기대로 들썩대는 나라, 박용진이 국민들과 함께 만들고자 하는 행복국가 대한민국입니다. 꼭 만들겠습니다.

감사합니다.

기업 활력 국가,
일하는 사람이 신나는 나라를 만들겠습니다

– 대한민국 성장엔진을 더 뜨겁게 하겠습니다.

 ▶ 2021년 6월 27일

소득세와 법인세의 동시 감세 제안을 담았습니다. 제안은 과감했지만 비판에
더 직면했습니다. 발상전환의 정치를 하겠다는 생각에 대해 더 잘 설명했어
야 하는데 아쉬움이 남습니다. 국가의 조세정책은 국민의 삶과 경제상황에 따
라 다르게 접근하는 게 맞지, 이념적으로 접근하는 건 아니라고 생각합니다.

박용진의 먹고사니즘 – 국민 성장과 기업 활력

정치의 역할은 국민들의 먹고사는 문제를 해결하는 것이라 생각해왔습니다. 박용진의 사상이 무어냐고 물으면 '먹고사니즘'이라고 이야기 해왔습니다. 대한민국의 안보, 경제의 성장을 중요하게 생각해온 사람으로 '먹고사니스트'를 자처하고 다녔습니다. 국민의 노동과 기업의 활력이 대한민국 성장엔진의 추진력이고 이 성장엔진을 더 뜨겁게 하는 일은 차기 대통령이 전력을 집중해야 할 일들 중 하나입니다.

국민의 노동과 사회 참여는 대한민국을 떠받치는 거대한 기둥이자 존중받고 보상받아야 하는 대한민국의 에너지원입니다. 중산층을 두텁게 하고 서민을 든든하게 뒷받침하는 경제·사회 정책으로 국민 성장을 만들어 가야 합니다.

기업이 우리 사회 성장과 혁신의 핵심 플레이어임을 한시도 잊지 않았습니다. 기업이 일자리를 만들고, 기업이 사회 혁신을 이끌어 갑니다. 기업의 활력이 우리 경제의 성장이고, 기업이 우리 청년들에게 기회의 운동장입니다. 편법과 반칙을 저지르지 않고 시장의 활력을 침해하지 않는다면 저는 기업인들을 응원하고 기업이 성장할 수 있는 모든 지원을 아끼지 않을 것입니다. 스타트업 기업은 유니콘 기업으로 육성하겠습니다. 중소기업은 중견기업으로, 중견기업은 대기업으로, 대기업은 글로벌 기업으로 성장시켜

나가겠습니다.

대한민국은 일본의 잃어버린 30년과 다른 길을 가야 합니다.

많은 국민들께서 대한민국이 일본경제가 간 길을 따라가는 것 아니냐는 우려와 두려움을 갖고 계십니다. 일부 경제학자와 정치인들, 심지어 이번 대선에 출마하려는 후보들조차 저출산, 저성장, 저금리를 숙명적으로 받아들이고 있습니다. 무책임한 재정확대 정책과 '세금 많이 걷어 마구 나눠주겠다'는 낡은 인식으로 활력을 잃은 일본의 길을 가려고 합니다.

그러나 박용진은 다르게 생각합니다. 박용진은 대한민국이 일본의 실패한 길을 따라가지 않도록 하겠습니다. 박용진 정부에서 대한민국의 성장엔진은 더 뜨거워질 것이며, 대한민국의 기업들은 더 활력을 가질 것입니다.

대한민국의 국민들은 더 열심히 일하고 자신의 노동을 기반으로 내 집 마련과 내 차 마련, 가족건강과 자녀교육, 노후자산이라는 행복국가 대한민국의 5가지 소망을 이룰 수 있게 될 것입니다. 박용진 정부가 일본의 길을 거부하고 '나라도 부자로! 국민도 부자로!' 만드는 새로운 길을 개척해 나갈 것입니다.

법인세와 소득세 동시감세, 그리고 기업규제 혁신 고속도로

일할 맛 나는 대한민국, 기업하기 좋은 나라!

박용진이 꿈꾸는 나라이자

평범한 사람들이 원하는 대한민국입니다.

이를 위해 저는 오늘 △일자리 창출을 위한 법인세 감세 △일하는 사람들을 위한 소득세 감세를 통해 기업 활력과 내수시장 확대를 동시에 추구하겠다는 약속을 드립니다. 감세로 인한 세수의 일시 감소는 경제성장과 시장의 확대를 통한 더 큰 세수 확보로 이어질 것이며 실업률의 감소와 경제 성장률 상승의 선순환으로 이어질 것입니다.

세계 경제는 이제 막 코로나 위기에서 벗어나 새로운 성장기로 접어들기 시작했습니다. 국제 무역량이 다시 늘어나고 있고 우리 경제의 수출도 다시 늘어나기 시작했습니다. 법인세와 소득세 감세는 이 회복기에 우리 내수시장의 소비를 활성화하고 우리 기업들이 적극적인 활력을 찾아나갈 수 있는 계기가 될 것입니다.

법인세·소득세 동시감세는 대한민국의 성장과 미래를 위한 작은 투자가 될 것입니다. 법인세 감세의 효과를 투자확대, 고용확대, 배당확대와 임금상승의 선순환으로 이어지도록 정책적 준비를 잘 세우겠습니다.

법인세 감세가 단지 기업의 사내유보금으로 쌓이거나 최상층 임원들의 성과급으로 가지 않도록 다양한 인센티브 제도를 동시에 마련하겠습니다. 법인세 감세는 해외자본의 국내 투자를 늘리고, 중국 등 해외에 나가 있는 제조업 기업들의 리쇼어링을 확대하는

164

한편, 해외투자를 고민 중인 국내 기업들의 국내 투자를 유도해 전체 투자유치 확대와 일자리 창출에 기여할 것입니다.

기업의 투자확대와 고용창출, 창업의 도전 열기가 단지 조세정책만으로 결정되는 것이 아니라는 점 잘 알고 있습니다. 이미 발표한 것처럼 우리 사회에 있는 각종 규제의 틀인 '관료의 도장규제', '기존 주류사업자들의 진입장벽 규제', '대기업의 갑질 등 시장독점의 규제' 등 3대 규제를 과감하게 허물고 혁신의 고속도로를 놓겠습니다. 박용진 정부가 창업의 나라, 혁신과 도전의 정신이 넘쳐나는 대한민국 경제 생태계를 만들겠습니다.

일하는 사람들과 투자하는 기업의 대통령

박용진은 일하는 사람들의 대통령이 되고 싶습니다. 우리 국민의 노력이 존중받고, 능력이 인정받는 나라, 노동이 정당한 보상을 받고 평범한 사람의 상식이 통하는 대한민국을 원합니다.

물려 받은 것이 많은 '있는 사람'이 아니라 열심히 일해서 버는 사람이 더 많은 보상을 받아야 합니다. 소득세 감세를 통해 일하는 사람, 중산층을 두텁게 하고 서민이 가장 큰 혜택을 받도록 하겠습니다.

박용진은 투자하는 기업의 대통령이 되겠습니다. 일자리를 만

165

들어 내는 기업인이 존중받고, 혁신하는 기업이 인정받는, 모두가 도전하는 활력 넘치는 대한민국을 원합니다. 편법이 아니라 혁신해서 일자리를 늘리는 기업은 더 많은 보상을 받아야 합니다. 일자리를 늘리는 기업을 응원하겠습니다. 일자리를 만드는 기업의 법인세는 줄여야 합니다. 법인세 감세를 통해 일자리를 늘리는 기업, 혁신기업과 중소기업이 가장 큰 혜택을 받도록 할 것입니다. 일자리가 많아질 때, 대한민국이 성장할 때, 국가재정은 더 튼튼해집니다. 일하는 사람, 일자리를 늘리는 기업이 힘을 낼 때, 대한민국 경제는 성장할 것입니다. 감세로 늘어난 일하는 사람의 소득이 소비를 늘리고, 감세로 늘어난 기업의 소득이 투자와 일자리로 연결될 때, 대한민국 경제는 성장할 것입니다.

수요와 투자는 양자택일이 아닙니다. 문제는 일자리, 목적은 대한민국의 성장입니다. 소비와 투자는 선순환합니다. 소비촉진과 투자 활성화는 일자리를 늘리는 대한민국 경제성장의 엔진입니다. 대한민국의 성장엔진을 더 뜨겁게 하겠습니다.

일할 맛 나는 대한민국, 기업하기 좋은 나라! 박용진이 꿈꾸는 나라이자 평범한 사람들이 원하는 대한민국입니다. 그 길로 가겠습니다.
감사합니다.

5

부동산 3박자로
'박용진의 든든주거'를 실현하겠습니다

– 좋은집충분공급 전략, 가치성장주택 모델, 임대주거지원 정책

 ▶ 2021년 7월 19일

문재인 정부의 가장 큰 정책 실패로 지적되는 부동산 정책에 대한 박용진의
대안 제시였습니다. 단순 공급 정책에서 벗어나 자산형성의 기회 보장, 내 집
마련이 당장 어려운 세입자 지원 정책으로 구성된 3박자 주거정책으로 요약
됩니다.

안녕하십니까? 민주당 대선 경선후보 기호 5번 박용진입니다.

오늘은 국민 여러분들에게 박용진 정부의 부동산 정책, 주거권 실현 정책에 대해 말씀드리겠습니다.

우리 국민들을 가장 힘들게 하는 것은 다름 아닌 부동산 문제입니다. 우리 국민들 모두가 고통 받고 있습니다. 집값이 폭등해서 청년들은 내 집 마련의 꿈도 꿀 수 없고, 30~40대 가장들은 부동산 '영끌'로 내몰리고 있습니다. 혼란스러운 부동산 정책으로 시장은 정부를 비웃고 있고 부동산 격차가 사회양극화와 상대적 박탈감의 근거가 되고 있습니다.

박용진 정부는 대한민국의 경제규모에 걸맞게 시장의 기능을 존중하면서 시장이 실패하거나 제대로 작동하지 못하는 곳에서 주택의 공급과 주거의 안정을 위한 공공의 역할을 더 확대해 나가겠습니다. 우리 헌법이 명령하고 있는 국민의 주거 안정을 위해 다음 부동산 3박자 정책으로 모든 국민이 안심하고 편하게 살 수 있는 '든든주거'를 실현하겠습니다.

1. 적극적인 공급정책인 '좋은집충분공급' 전략으로 부동산 대란의 불길을 잡겠습니다.

필요한 곳에 충분한 주택을, 원하는 만큼 좋은 집을 공급하도록 하겠습니다. 이를 위해 필요한 곳에는 탄력적으로 고밀도 개발도 추진하고 민간 재건축 재개발에 대한 규제도 과감하게 풀겠습니다.

박용진은 '좋은 집'을 원하는 사람의 대통령이 되고 싶습니다. 지금 국민이 꿈꾸는 '내 집'은 '그냥 집'이 아니라 '좋은 집'입니다. 지금 가격이 폭등하고 있는 주택은 '그냥 집'이 아니라 '새 아파트'입니다. 더 넓고 안전하고 편리한 주택 그 자체를 넘어 쾌적한 생활환경이 갖춰진 '좋은 집'입니다. 집 없는 서민도, 1인 가구도 '좋은 집'을 원합니다. '좋은 집'은 국민행복의 기본입니다. 대한민국은 이미 선진국입니다. 개도국 시대에 지어진 집은 충분할 수 있지만 지금 현재, 선진국 시대에 맞는 '좋은 집'은 절대 부족합니다.

30년 이상 된 노후 주택은 전국 37.8%, 서울 43.9%로 지속 증가하고 있습니다. 대규모 노후 주택을 좋은 집으로 바꾸지 않고서는 집값 안정도 국민행복도 실현할 수 없습니다. '영끌'의 추격매수를 부추기는 '막차의 공포'를 끝내는 것이 행복입니다.

먼저, 박용진은 필요한 곳에 충분한 주택을 공급하는 대통령이 되고 싶습니다. 집은 수요가 있는 곳으로 실어 나를 수 없는 유일한 상품입니다. 주택은 반드시 적시에 수요가 있는 곳에 대규모로 지어야 합니다. 현재 부동산 폭등의 진앙지인 서울 시내에 좋은 집을 우선 공급하겠습니다. 서울의 대규모 노후 주택을 방치하지 않고 재개발·재건축을 촉진하겠습니다. 폭발적인 좋은 집 수요를 충족하기 위해 재개발·재건축을 막는 각종 규제를 바꾸겠습니다. 공공이냐 민간이냐 하는 고정관념을 갖지 않겠습니다. 좋은 집을 신속하게 많이, 갈등을 최소화하고 믿음직하게 지을 수 있다면 공공과 민간을 가리지 않고 적극 지원하겠습니다. 또한 재개발·재건축의 정상적 추진을 막는 개발이익 독점, 투기행위 등의 반칙과 편법을 엄단하겠습니다.

2. '가치성장주택' 모델을 통해 투기를 봉쇄하면서도 목돈이 없는 분들에게도 자산화의 기회를 제공하겠습니다.

투기를 잡고 충분한 공급을 통해 가격을 안정시켜도, 주택가격은 여전히 대다수 서민들이 저축만으로 부담하기엔 너무 비쌉니다. 1990년대 이후, 내 집 마련의 사다리 역할을 해왔던 전세물량은 꾸준히 줄어들고 있어, 내 집 마련의 디딤돌이 사라진 상태입니다. 목돈이 없으면 집을 사기가 어렵고, 가격이 저렴한 집은 나중에 안 팔릴까 두려워 사기가 겁이 납니다. 그렇다고 이미 심각하게 오른 집값에 맞춰 무작정 대출을 완화해주면 하우스푸어가 될 수도 있고, 가계부채 문제가 심각해지면 국가경제에도 부담이 됩니다. 대출완화로 주택가격 상승을 부채질해서 다음 세대의 내 집 마련은 완전히 불가능해질 수도 있습니다. 이 문제를 해결하는 것이 가치성장주택입니다.

우리 헌법이 명령하고 있는 국민의 주거 안정을 위해

다음 부동산 3박자 정책으로 모든 국민이

안심하고 편하게 살 수 있는 '든든주거'를 실현하겠습니다.

(김포공항부지 스마트시티 조성 간담회)

① 공급가격은 건설원가 수준으로, ② 공급가격의 103%까지 대출해주는 대신 ③ 공공에게 환매를 하고 ④ 시세차익은 공유하고 ⑤ 공공은 다시 다음 입주자에게 환매가격 그대로 내 놓는 것입니다. 가치성장주택은 공공이 환매하기에 투기가 원천 봉쇄되고 주택가격 상승에 영향을 미치지 않으며, 은행 입장에서도 부실화의 염려가 없습니다. 첫 입주자는 충분한 대출을 통해 전세가격 수준으로 자기 집을 마련하여 원하는 기간만큼 자유롭게 살다가, 팔고 싶을 때는 언제든 공공이 되사주며, 전세와는 달리 시세차익을 공유하므로 자산 축적도 도모하고, 개발이익을 운 좋은 첫 분양자가 독식하는 것이 아니라 다음 사람도 저렴한 가격에 입주할 수 있는 시스템입니다. 공급자와 수요자, 그리고 첫 세대와 다음세대가 '같이 성장'하는 주택이 바로 '가치성장주택'인 것입니다. 전세난에 시달리는 분들, 투기는 굳이 하기 싫지만 나중에 팔고 싶을 때 잘 팔리는 집을 사고 싶으신 분들에게 꼭 필요한 주택 모델이 될 것입니다.

3. 1인 가구와 서민들을 위한 임대주거지원정책을 강화하겠습니다.

박용진은 반지하, 옥탑방, 고시원, '지옥고'를 없애는 대통령이 되고 싶습니다. 주거취약계층이 안심하고 살 수 있는 주거안정 기회를 보장하겠습니다. 당장 살 집이 불안한 서민에게 희망을 주어야 합니다. 희망이 있는 곳에 행복이 있습니다. 근로자 월세세액공제제도를 확대해 일하는 청년들의 주거비 부담을 즉시 낮추겠습니다. 민주당은 강남 실거래가 18억원 넘는 아파트 거주자의 세금 부담을 줄이는 데에만 관심 갖는 것이 아니라 일하는 청년들에게 세금이나 다름없는 월세 부담도 낮춰주어야 합니다.

또한 표준임대료정책을 활용하여 주거안정지원정책을 강화하겠습니다. 문재인 정부는 복잡한 공공임대주택의 각종 브랜드를 통합하는 '유형통합'을 국정과제로 추진 중에 있습니다. 이를 통해 공공주택의 표준적인 임대료 체계가 정해질 것입니다. 민간임대주택도 이 기준을 따를 경우, 임대소득세를 면제하고 LH 등 공공 사업자에게 하는 지원에 버금갈 만큼 지원하겠습니다. 그리하여 운 좋게 공공임대주택에 입주한 분들 뿐만 아니라, 일반 시장에서도 월세 걱정, 쫓겨날 걱정 없이 살 수 있는 주택을 확대하겠습니다. 또한 주거보조비를 확충하여, 자가와 전세에만 치우친 지원정책의 균형을 바로잡겠습니다.

마지막으로, 박용진은 좋은 집을 넘어 좋은 도시와 국토를 만드는 대통령이 될 것입니다. 스마트시티, 초연결 도시, 포용과 혁신의 기반이 되며 탄소중립을 실현할 국토전략으로 변화하는 시대에 온 국민이 골고루 행복한 국토를 만들겠습니다. 단순 주거공간을 넘어 일하고 학습하고 돌보고 쉬고 사랑하고 꿈꾸는 888사회를 실현하는 행복 플랫폼을 만들겠습니다. 인공지능, 디지털트윈, 블록

체인 등 4차 산업혁명의 잠재력을 완전히 활용할 수 있는 스마트시티를 만들겠습니다. 이미 발표한 20만호 공급이 가능한 김포공항 부지 스마트시티 구축 공약을 비롯해 준공업지역, 버스터미널 부지 등, 도시의 산업구조 변화에 따라 용도가 변한 지역을 스마트하게 복합개발 하겠습니다.

기후위기와 방역위기에 직면한 위드코로나(with Corona) 시대의 온·오프 융합 라이프스타일에 맞게 사람이 편리하고 포용과 혁신의 기반이 될 초연결 국토를 만들겠습니다. 과밀도시만 팽창하는 수박형 국토가 아니라, 생활권내에 직장과 주거가 자리 잡는 직주근접·직주일체의 포도송이형 국토를 통해 출퇴근 전쟁을 종식시키겠습니다. 슬리퍼 신고 걸어서 모든 생활편의시설을 이용할 수 있는 '슬세권', 좋은 동네 서비스가 완비된 쾌적한 생활환경을 구축하겠습니다.

무엇보다 국민의 관심도가 높은 좋은 교육여건 마련에 힘쓰겠습니다. 이를 바탕으로 수도권과 전국의 다핵 거점 활성화, 서울주택 수요 분산 등의 효과도 추구하고 탄소중립사회로 한발 더 다가가겠습니다.

박용진은 '발상전환'의 정치를 해왔습니다. 대한민국의 미래와 국민들의 삶을 책임지기 위해 눈을 크게 뜨고 확장적으로 바라보겠습니다. 운동장을 넓게 쓰고 새로운 길을 만들어 세계 일류 선도국가인 행복국가와 888사회를 만들기 위한 국민총력전에서 반드시 승리하겠습니다. 부동산 정책, 국민 주거안정권 실현을 위한 '든든주거' 정책 역시 행복국가 888사회를 위한 박용진의 발상전환을 담고 있습니다.

불안한 후보, 그저 그런 후보, '세금 물 쓰듯 정책'을 남발하는 후보가 아닌 실력 있는 후보 박용진과 함께 대선승리의 길로 나갑시다. 앞으로도 정책 실력에서의 초격차를 보여드리겠습니다. 자신 있고 용기 있게 전진하겠습니다.

감사합니다.

박용진은
양경제(兩京制) 대통령이 되겠습니다
분권형 대통령이 되겠습니다

– 두 개의 특별시, 두 개의 수도로 지방분권 국토균형발전
– 당선인 시절 개헌발의로 박용진부터 분권형 대통령이 될 것

2021년 6월 3일

분권형 대통령제로 개헌하여 서울특별시 청와대에 있는 대통령은 국민을 대표하여 외교 · 국방 · 통일을 책임지는 국가원수로서 서울을 국가수도로 명확히 할 것입니다. 세종특별시에 있는 실권 국무총리는 국회를 대표하여 내정을 책임지는 행정수반으로서 세종을 행정수도로 확고히 할 것입니다.

국민은 균형발전과 지방분권을 추진하고 대한민국을 통합하는 성공한 대통령을 열망합니다.

– 기자회견문 중 –

안녕하십니까? 민주당 대선 경선 후보 기호 5번 박용진입니다.

오늘은 서울특별시와 세종특별시, 두 개의 특별시와 두 개의 수도 전략인 '양경제'와 분권형 대통령제 개헌이라는 더 이상 미룰 수 없는 대한민국 존망의 과제에 대한 정책 공약을 발표하고자 합니다. 양경제와 분권형 대통령제는 상호 보강하는 행복국가, 대한민국의 필수조건입니다.

서울과 세종, 두 개의 수도, 국가수도와 행정수도의 '양경제'로 진짜 균형발전을 선도하겠습니다. 두 개의 특별시, 글로벌 허브 서울특별시와 국내 허브 세종특별시로 대한민국 재도약을 선도하겠습니다. 국가원수 대통령과 행정수반 실권(實權)총리의 분권형 개헌을 통해 두 개의 특별시, 양경제를 명실상부하게 실현하겠습니다. 서울에 있는 국가원수 대통령과 세종에 있는 행정수반 국무총리로 권력을 분권화하는 것입니다.

이를 위해 대통령에 당선되면 당선인 시절에 바로 개헌을 제안하여 박용진부터 분권형 대통령이 되겠습니다. 4년 중임 분권형 대통령제로 개헌하여 국민을 통합하는 성공한 대통령 시대를 열겠습니다.

당선인 시절 현직 대통령과 협의로 분권형 개헌을 발의하면 임기단축 논란이나 대통령과 새 제도의 불일치로 인한 정치적 논란

없이 새로운 시대를 곧바로 열 수 있게 됩니다. 불행한 대통령의 시대는 끝나야 합니다. 분권형 대통령으로 새로운 정치시대를 열 겠습니다.

대한민국의 엄중한 현실을 직시합시다. 이대로 수도권 초집중이 계속되면 나라가 망할 수도 있습니다. 인구의 수도권 쏠림현상이 지속되고 있습니다. 이미 대한민국 인구의 절반이상이 수도권에 몰려 있습니다. 수도권 초집중 현상은 지방소멸과 함께 인구절벽 현상을 야기하고 있습니다. 수도권 초집중은 초저출생과 이란성 쌍둥이입니다. 수도권의 부동산 폭등과 대한민국의 일자리 부족을 비롯한 온갖 사회적 병폐의 핵심 원인입니다.

수도권 초집중은 권력과 돈이 서울을 핵으로 하는 수도권에 집중되고 있기 때문입니다. 권력과 돈이 모여 있는 수도권 일극 소용돌이가 모든 것을 빨아들이고 있습니다. 수도권 초집중, 대한민국 일극체제를 깨지 않고서는 대한민국의 미래는 없습니다. 행복국가 대한민국은 불가능합니다.

균형발전과 지방분권을 위한 담대한 발상전환이 필요합니다. 청와대까지 옮기려는 천도는 2004년 위헌판결과 민심의 저항을 받아 실행이 불가능합니다. 그렇다고 현재와 같은 세종 행정복합중심도시는 비효율적일뿐만 아니라 수도권 쏠림현상을 막지도 못했습니다.

박용진은 양경제 대통령이 되겠습니다.

서울을 옮기는 천도가 아니라 서울과 세종,

두 개의 수도, 국가수도와 행정수도의 양경제로

진짜 균형발전을 선도하겠습니다.

발상전환의 대원칙은 수도권과 지방이 모두 공감하는 양경제입니다. 이미 네덜란드, 칠레, 남아공 등은 나라를 대표하여 국가원수가 있는 국가수도와 의회, 행정기관이 있는 행정수도로 분권화되어 있습니다.

박용진은 양경제 대통령이 되겠습니다. 서울을 옮기는 천도가 아니라 서울과 세종, 두 개의 수도, 국가수도와 행정수도의 양경제로 진짜 균형발전을 선도하겠습니다. 두 개의 특별시, 글로벌 허브 서울특별시와 국내 허브 세종특별시로 대한민국 재도약을 선도하겠습니다. 행복국가, 대한민국을 만들겠습니다.

서울은 서울입니다. 대통령, 청와대, 국방부, 외교부, 통일부, 국정원은 국가수도, 서울에 남아 있을 것입니다. 서울은 대한민국을 대표하는 대외적 수도 역할을 할 것입니다. 세종은 서울에 준하는 특별시가 될 것입니다. 국회와 여가부를 이전하여 42개 부·처·청 등 국내 행정기관이 집결한 세종시를 특별시로 승격하여 명실상부한 행정수도로 만들겠습니다.

국회와 내정을 책임지는 실권 국무총리가 있는 세종특별시는 행정 비효율과 혈세낭비를 획기적으로 줄일 것입니다. 세종시 공무원들의 관외 출장횟수만 2016년부터 2018년까지 약 87만건입니다. 하루 평균 911회 꼴로, 소요된 비용만 약 917억원입니다. 그중 절반 이상이 서울에 있는 여의도 국회출장이라고 합니다. 대한민국의 한복판에 있는 세종은 모든 지역이 가장 왕래하기에 편합니다. 양경제는 대한민국의 효율성을 비약적으로 높일 것입니다.

더 이상 대한민국은 서울에 모든 자원을 집중하는 원톱 체제로 달려서는 안 됩니다. 서울특별시와 세종특별시, 투톱 체제를 만들어 달려야 합니다. 서울이라는 하나의 폐로 달리기에는 너무 힘듭니다. 서울특별시와 세종특별시, 두 개의 폐가 있어야 빨리 달릴 수 있습니다. 권력의 수도권 초집중을 막는 것에서 시작하여 돈의 수도권 초집중도 막을 것입니다. 돈이 대한민국 방방곡곡에 흘러야 대한민국은 건강할 수 있습니다.

서울특별시는 각종 규제가 혁파되어 4차 산업혁명의 글로벌 허브로 재도약 할 것입니다. 세종특별시는 대전, 청주와 연계되고 사통팔달의 교통중심지가 되어 행정수도만이 아니라 인구 300백만의 상업·교육·문화 중심도시로 발전할 것입니다. 또한 호남, 부산·울산·경남, 대구·경북 등 권역별 메가시티와 연계하여 모든 지역이 더불어 발전하는 균형발전의 국내 허브가 될 것입니다.

특히 국토균형발전 문제는 세종 충청권의 문제가 아니라 영남, 호남, 강원 제주, 모든 지역의 생존 문제와 직결돼 있습니다. 따라서 저는 국토균형발전을 위한 2차 공공기관 이전을 전격적으로 실시하겠습니다. 노무현 정부에서 1차 공공기관 이전이 있었습니다. 하지만 당초 계획에 미치지 못했습니다. 그래서 아직도 많은 공공기관들이 수도권에 남아 있습니다. 저는 이렇게 수도권에 남아 있는 공공기관 중에는 지방에서도 충분히 역할을 수행할 수 있는 기관들이 많다고 생각합니다.

실제 언론보도에 따르면 국가균형발전특별법상 지방으로 이전해야하는 공공기관은 기준에 따라 122~500개로, 국토부에 따르면 이전 대상 기관은 350개 안팎으로 추산되고 있습니다. KBS, 한국은행, 대한체육회, 88관광개발, 동북아역사재단, 한국행정연구원, 심지어는 지금 논의되고 있는 '국립 이건희 기증관' 등과 같은 기관들은 충분히 이전을 검토하고 실행할 수 있을 것이라 생각합니다. 제가 대통령이 되어서 임기 내에 반드시 공공기관 2차 이전을 완료하겠습니다.

박용진은 분권형 대통령이 되겠습니다.
저는 5년 단임 제왕적 대통령제를 4년 중임 분권형 대통령제로 개헌할 것을 다짐합니다. 제가 대통령에 당선되면 당선인 시절에 바로 개헌을 제안하여 박용진부터 분권형 대통령이 되겠습니다. 국무총리는 대통령이 마음대로 해임할 수 없는 명실상부한 내정 책임총리가 될 것입니다. 국가수도 서울특별시와 행정수도 세종특별시의 양경제는 분권형 대통령제 개헌을 통해 완성될 수 있습니다. 분권형 대통령제 개헌 없는 행정수도는 허울일 뿐입니다. 국가원수와 행정수반을 겸하는 현행 제왕적 대통령제는 서울의 권력 초집중을 야기하고 수도권 초과밀을 유발했습니다. 대통령이 언제든지 해임할 수 있어 사실상 대통령의 보좌관에 불과한 국무총리는 실권총리가 되어 세종시를 명목상의 행정수도로 만들 것입니다.

분권형 대통령제로 개헌하여 서울특별시 청와대에 있는 대통령은 국민을 대표하여 외교·국방·통일을 책임지는 국가원수로서 서울을 국가수도로 명확히 할 것입니다. 세종특별시에 있는 실권 국무총리는 국회를 대표하여 내정을 책임지는 행정수반으로서 세종을 행정수도로 확고히 할 것입니다.

국민은 균형발전과 지방분권을 추진하고 대한민국을 통합하는 성공한 대통령을 열망합니다. 국민은 정치만 바뀌면 대한민국은 행복국가가 될 수 있다고 믿습니다. 승자가 독식하는 제왕적 대통령제를 두고는 극단적 정치 갈등을 해소할 수 없습니다. 외치와 내정을 모두 책임져서 대통령이 동네북으로 전락하는 무한책임 대통령제로는 성공한 대통령을 만들 수 없습니다. 5년 단임 대통령제로는 국가 백년대계를 세울 수 없습니다. 4년 중임 분권형 대통령제 개헌은 바로 지금 당면한 행복국가, 대한민국의 최대 구조개혁입니다.

도전하는 MZ세대를 위한
기호 5번 박용진의 다섯 가지 제안!

 2021년 8월 4일

청년세대의 민주당 이탈이 심각해졌습니다. 대선 경선 당시 이준석 현상이 민주당에게 역풍을 불어왔습니다. 세대의 문제가 아니라 가진 것 없었던 모든 2030 세대들의 문제로 보았습니다. 50년 전 60년 전 20대들도 마찬가지 고민이 있었습니다. 도전하는 청년세대의 고민에 국가와 사회가 사다리를 놓아주어야 합니다.

안녕하십니까? 민주당 대선 경선 후보 기호 5번 박용진입니다.

저는 이번 선거에 도전하면서 <행복국가>를 약속했습니다. 그리고 행복국가로 가기 위해 일하는 사람들을 위한 다양한 제도를 제안하고 공약을 발표하고 있습니다.

'박용진의 행복국가'는 자신의 노동과 노력으로 우리 사회에 헌신하고 자신의 삶을 만들어 나가려는 국민의 열정이 존중받고 보상받는 사회입니다. 누구나 8시간 일하면, 8시간의 여가생활과 8시간의 휴식시간을 보장 받을 수 있는 8·8·8 사회입니다.

오늘 저는 기성세대가 만들어 놓은 질서 위에서 불안과 불만을 가질 수밖에 없는 MZ세대들에게 우리 사회가 도전의 기회를 보장하고 응원하기 위한 다섯 가지 제안을 말씀드리고자 합니다.

1. 도전하는 청년(1) : 커리어형성권 보장

노력하고 도전하는 청년 세대를 응원하고 지원하기 위해 커리어형성권을 보장하겠습니다. 지금도 청년들의 자기개발 지원을 위한 다양한 정책들이 시행되고 있지만, 지원 대상이 저소득층이나 실업상태의 청년 등으로 제한적이고, 지원 교육훈련 프로그램의 종류와 기간, 수준이 불충분하며, 프로그램들이 각 부처로 흩어져 운영되어 프로그램 접근성 및 효과성이 낮습니다. (※ 자기개발 지

원 현행 제도 : 취업성공패키지, 국민 내일 배움 카드, 청년취업아
카데미, 청년 내일 채움 공제제도, 내일 채움 공제제도 등)

'박용진의 커리어형성권 보장'은 우리 국민들이 경제활동 참가를
통해서 어떻게 하면 자신의 가치관과 개성에 맞는 경력을 쌓아갈
지 스스로 결정하고 이행할 수 있는 권리를 보장하는 것입니다. 특
정의 자격유무나 고용형태와는 무관하게 일하고 있고, 일하려는
모든 사람에게 적용되는 권리입니다.

기존의 각종 청년 자기개발 지원 사업을 '커리어성공 계좌'로 통
합하고 모든 청년에게 기회를 제공하겠습니다. 각 계좌에는 커리
어형성에 사용할 수 있는 금액이 충전되어 제공되는데, 계좌주는
계좌 한도 내에서 평생에 걸쳐 각종 자격증이나 학위 취득, 외국
어 학습 뿐 아니라 자신의 취향과 취미, 자신만의 전문성을 업그
레이드 할 수 있는 교육이나 훈련, 프로그램 등에 충전금액을 사용
할 수 있습니다.

커리어형성권 보장을 통해 청년세대들은 자신의 실력을 키울
수 있고, 보다 많은 사회적 기회를 얻을 수 있습니다. 또한 다양
한 경험을 축적해가는 과정에서 인적자본이 증가하게 되고 인간
관계도 풍요로워져 사회적 자본도 늘어나게 될 것입니다. 커리어
형성권 보장은 더 큰 도전에 대한 기회를 만들 수 있는 토대를 만

들 것입니다.

2. 도전하는 청년(2) : 자발적 실업자 실업급여 수급권 강화

우리 사회는 지금 평생직장 개념이 사실상 사라지고, 여러 번 직장을 옮기고 직업을 바꾸는 것이 자연스러운 사회가 되어가고 있습니다. 한 번에 두 세 개의 직업을 갖는 N잡러의 삶도 흔해지고 있습니다.

그러나 우리 사회에 직장 이동, 특히 자신의 선택에 따른 직업의 변경이 일반적인 일이 되었음에도 불구하고 우리나라 고용보험은 자발적 실업을 보호하지 않고 있습니다. 이 때문에 직장 이동 중에 발생하는 실업 및 이직 등에 대한 비용을 온전히 노동자 자신이 감수해야 하기 때문에 더 나은 직장으로 이동하기 위한 도전을 포기하거나 망설이게 됩니다.

자발적 실업자도 고용보험을 부담했던 납부자입니다. 이들이 스스로 새로운 도전을 위해 직장을 그만둘 때 새로운 직장을 탐색하고 생활비에 보태기 위해 사전에 납부하여 고용보험기금에 적립한 자신의 돈입니다. 그런데 자발적 실업이 도덕적 해이를 낳아 기금이 고갈된다며 비난하곤 합니다.

아플 때 사용하려고 건강보험료를 내고 늙었을 때 생활비로 쓰려고 연금 보험료를 내는 것처럼 자발적 실업자가 낸 고용보험료도 실업했을 때 당당하게 쓸 수 있는 고용보험 피보험자의 당연한 권리입니다. 자발이니 비자발이니 구분하여 실업급여를 인정하는 것은 낡은 인식입니다. 이미 독일, 프랑스, 일본 등 해외 많은 나라가 자발적 실업도 실업급여를 지급하면서 보호하고 있습니다.

3. 도전하는 청년(3) : 비정규직을 위한 청년 안식년제

저는 앞서 약속한 커리어형성권 보장, 자발적 실업에 대한 실업급여 인정과 함께 비정규직으로 노동시장에 들어오는 청년 노동자들에 대해 7년 일하면 자발적으로 퇴직하더라도 1년 정도 통상임금을 받으며 재충전할 수 있도록 청년 안식년제(Sabbatical year)를 제도화 하겠습니다.

나아가 기업이 고용을 확대할 때 지금보다 부담을 덜 가질 수 있도록 시간제, 기간제, 파견제 등을 폭넓게 인정하는 대신, 퇴직금을 주지 않으려고 7개월, 9개월, 11개월 만에 계약을 해지하는 기업에게는 청년 안식년제 이행 부담금 적립을 의무화하겠습니다.

청년안식년제가 커리어형성권 보장, 자발적 실업자의 실업급여 수급권 강화와 동시시행되면 노동시장의 회전문이 바쁘게 돌아가 일할 의욕과 능력이 충분한 청년들의 도전으로 들썩들썩한 사회, 활력 넘치는 사회가 될 것입니다. 저는 기업의 고용유연화와 노동자의 인생 재충전 권리를 동시에 추구할 수 있는 사회적 대타협을 반드시 이뤄내겠습니다.

MZ세대가 자신의 꿈과 희망의

베타버전을 갱신하면서 행복을 추구해 갈 수 있도록

앞장서 가겠습니다.

4. 자산형성의 기회보장 : 국부펀드 전략

저는 이미 발표한 것처럼 국부펀드를 통해서 청년세대에게 자산형성의 기회를 다시 한 번 약속드리고자 합니다. 〈국민자산 5억 성장시대〉는 청년들이 어떤 일이든 열심히 노력하면 가구당 5억원 정도의 자산을 형성할 수 있도록 국가가 제도적 지원하는 정책입니다.

이는 월 2만원의 기본소득이나 출생 시 몇 천만원씩 국가가 무조건적으로 나눠주는 소득이나 자산이 아닙니다. 국민 세금을 물쓰듯 쏟아붓고도 지속가능성이 불투명한 위험천만한 정치적 약속이 아닙니다.

국민의 땀과 노동이 자신의 삶과 우리 사회를 빛나게 만드는 '나라도 부자로, 국민도 부자로', 사회적 열정이 기반이 되는 정책적 제안입니다. 청년들이 열심히 노력하여 차곡차곡 내 집과 내 차를 마련하고, 내 자산을 불려나가는 복리의 행복과 복리의 기쁨을 갖게 하고자 하는 정책입니다.

이를 위하여, 연 수익률이 0%대에서 2%대 사이에 머물고 있는 정부의 각종 연기금 운용자금과 한국투자공사, 국민연금을 통합하여 7% 이상의 수익률을 이루는 국부펀드를 만들겠습니다. 국민연금은 현재까지 평균 수익률이 6%가 조금 넘습니다. 투자 구성을 국채중심에서 조금만 조정해도 7% 수익률 달성은 충분히 가능합니다. 이 국부펀드에 우리 청년들도 안정적이고 장기적인 목돈 마련과 노후자산 형성을 위한 적립계좌의 기회를 보장해 중산층으로의 진입을 돕겠습니다.

또한 국민자산 5억원 형성을 위한 과감한 금융·조세정책을 시행하겠습니다. 우리 국민들은 과거 재형저축이 중산층의 자산형성에 크게 기여했었음을 기억합니다. 재형저축의 역할처럼 일정 수준 이하의 자산 형성 과정에서 과감한 비과세 제도를 도입하고, 자본시장에서 장기적 투자에 대한 혜택을 마련해 자본시장의 건전한 육성과 국민자산의 든든한 준비를 지원하겠습니다.

5. 내 집 마련의 꿈 : 가치성장주택

전세가 축소되는 가운데 주거불안정에 시달리고 대출규제로 인하여 자산화 대열에 진입하는 길도 차단된 청년세대를 위해 '가치성장주택'을 준비했습니다.

건설원가 수준의 공급가격에 103%까지 대출을 해주는 가치성장주택을 통해서, 전세금 수준으로 자기 집을 마련하고 차익을 공유하여, 목돈이 없어도 자산을 축적할 기회를 드리는 대신, 환매를 통해서 다음 세대와도 혜택을 공유하는 모델입니다.

투기를 원천 차단하면서도, 신규세대와 그 다음 세대에게도 충

191

분한 금융지원을 하는 가치성장주택을 통해서 투기 대신 주거안정과 자산화의 길을 열겠습니다.

저는 MZ세대가 자신의 경험과 기회를 계속 수정하고 갱신하면서 그때마다 주저하지 않고, 자신의 꿈과 희망의 베타버전을 갱신하면서 행복을 추구해 갈 수 있도록, 기성세대가 구축한 기득권을 뒤흔드는 낡은 기득권의 파괴자이자 포스트 코로나를 선도하는 혁신의 아이콘이 되기 위해 앞장서 가겠습니다.

감사합니다.

8

4차 산업혁명 대통령이 되겠습니다
바이미식스 대통령이 되겠습니다

 ▶ 2021년 8월 11일

언론에서 주목받지는 못했지만 경제대통령의 포부를 보여주기 위해 만든 조어가 바로 '바이미식스'. 박용진의 경제 집중 육성 계획이자 성장전략으로 의미가 있었습니다. 반기업 정치인이라 오해받고 매도되었던 박용진이 기업집중육성 전략을 내놓자 법인세 감세 공약 이후 놀라는 분위기가 만들어졌습니다.

안녕하십니까? 민주당 대선 경선 후보 기호 5번 박용진입니다.

보통사람의 생각이 대통령의 최대 관심사여야 합니다. 우리 국민이 생각하는 최대 경제문제는 '어떻게 먹고 살 것이냐', '얼마나 벌 것이냐'입니다. 대통령은 세금을 얼마나 물 쓰듯 쓰느냐가 아니라 대한민국이 어떻게 먹고 살 것이냐, 국민이 얼마나 벌 것이냐를 고민해야 합니다. 보통사람의 생각이 박용진의 대답입니다.

박용진은 4차 산업혁명 대통령이 되겠습니다. 바이미식스(바이오, 2·3차 전지, 미래차, 6G) 대통령이 되겠습니다. 2차 산업혁명을 따라잡은 60~70년대의 중화학 공업 육성과 3차 산업혁명을 이끈 김대중 대통령의 지식기반 경제 진흥에 이어 박용진은 4차 산업혁명을 선도하는 바이미식스 대통령이 되겠습니다.

대한민국의 다음 30년을 생각하는, 더불어 도전하는 대통령이 되고 싶습니다. 대한민국이 부자가 되고, 기업이 부자가 되고, 내가 부자가 되는, 더불어 경제성장 대통령이 되고 싶습니다. 대한민국이 글로벌 혁신경쟁에서 승리하여 수많은 4차 산업혁명 기업이 들꽃처럼 만발하게 하겠습니다. 바이오, 2·3차 전지, 미래차, 6G가 대한민국의 미래 먹거리 산업이 되어 좋은 일자리가 강물처럼 흘러넘치게 하겠습니다.

이번 한미정상 공동선언에서 확인되었듯 대한민국은 이미 4차 산업혁명 선도국가입니다. 문재인 대통령의 디지털 뉴딜과 그린 뉴딜은 대한민국 주력산업을 반도체와 함께 바이오, 전지, 미래차, 6G로 바꾸고 있습니다.

　시총 상위 10위 안에는 반도체(1위 삼성전자, 2위 SK하이닉스) 와 함께 바이오(10위 셀트리온), 전지(5위 LG화학, 8위 삼성SDI), 미래차(9위 현대차)가 포함되어 있습니다. 세계 최초 5G 국가답게 플랫폼(3위 네이버, 4위 카카오) 또한 크게 발전하고 있습니다. 이 제 미사일 사거리 제한이 완전히 해제되면서 인공위성 인터넷 6G 시대에 대비하여 다시 앞서나갈 준비를 하고 있습니다. 박용진은 문재인 대통령의 뉴딜을 기반으로 뉴챌린지 시대, 뉴프론티어 시 대를 열겠습니다.

　첫째, 박용진은 글로벌 K-파운더리 대한민국을 만들겠습니다.
　K-반도체 파운더리와 함께 초일류 K-바이미식스 파운더리를 육 성하겠습니다. K-바이오, K-전지, K-미래차, K-6G 인공위성 파운 더리는 대한민국을 아무도 넘볼 수 없는 제조업 초격차 선도국가 로 만들 것입니다. 차세대 최첨단 제조업은 새로운 일자리를 끊임 없이 만들어낼 것입니다.
　나아가 소프트웨어와 콘텐츠 산업, 소부장(소재·부품·장비) 산 업이 함께 성장하여 대한민국은 4차 산업혁명을 주도하는 글로벌 허브로 비상할 것입니다. 또한 탈탄소 에너지 혁명을 선도하여 탄소중립 시대를 4차 산업혁명의 기회로 만들겠습니다. 고효율 2차 전지인 차세대 배터리와 함께 반영구적인 3차 전지 개발을 선도하고, 초고효율 재생에너지 기술의 상용화를 앞당기겠습니다.

둘째, 박용진은 누구나 대박을 터뜨리는 유니콘 기업의 나라 대한민국을 만들겠습니다.

제2의 벤처붐을 일으키겠습니다. 기업가치 10억 달러 이상인 스타트업, 대한민국의 유니콘 기업은 13개로 세계 6위입니다. 또한 매출 1,000억원 이상을 달성한 '천억벤처기업'도 617개(2019년 기준)가 되어 유니콘 후보기업이 많아지고 있습니다. 저는 〈국부펀드〉의 '떡잎투자전략'을 통해 임기 내 유니콘 기업을 두 배 이상으로 늘려 대한민국을 미국, 중국에 이은 세계 3위 유니콘 국가로 만들겠습니다. 동시에 셀트리온, 배달의민족, 쿠팡 등 떡잎부터 다른 기업들이 해외 투자 펀드에 의해 대박이 나는 동안 국민연금 등 국내 연기금들은 구경꾼으로 전락하는 일이 더 이상 벌어지지 않도록 하겠습니다.

또한 유니콘 기업이 국내 주식시장에 상장되어 투자하는 모든 국민이 대박을 터뜨리게 하겠습니다. 대한민국이 키운 유니콘 기업이 다른 나라에 상장되어 국부가 유출되는 것을 더 이상 두고 볼 수는 없습니다. 유니콘 기업의 국내 주식시장 상장을 위한 인센티브를 획기적으로 강화하겠습니다.

박용진의 4차 산업혁명 주도

경제성장전략은 '삼각편대전략'입니다.

동시감세와 규제혁신, 정부지원 삼각편대를 통해

국민과 기업의 창의력과 도전정신을 극대화하겠습니다.

(현대모빌리티 방문)

셋째, 박용진은 아이디어만 있으면 누구나 성공할 수 있는 K-비전펀드 대한민국을 만들겠습니다.

모험적 금융기업이 번영해야 4차 산업혁명의 혁신기업이 번영할 수 있습니다. 저는 한국판 테마섹(Temasek)인 국부펀드를 만들어 국민자산 5억원 성공시대를 열겠다고 약속했습니다. 나아가 '떡잎투자전략'과 함께 관주도 기술금융을 혁파하여 민간의 벤처투자펀드를 활성화하겠습니다. 소프트뱅크의 비전펀드를 벤치마킹하여 세계 수준의 K-비전펀드를 육성하겠습니다. 정부가 자본을 대고 투자는 민간에 위탁하는 방식으로 전환하겠습니다.

누구나 경제성장을 말합니다. 그러나 어떻게 성장할 것인지에 대해서는 침묵합니다. 박용진은 다릅니다. 박용진의 해법은 민주당다운 원칙입니다. 서생적 문제의식과 상인적 현실감각을 결합한 김대중 대통령의 원칙이 바로 박용진의 해법입니다. "지원하되 간섭하지 않는다."는 김대중 대통령의 원칙을 계승하여 4차 산업혁명의 한류를 실현하겠습니다. 발상전환의 정책을 통해 바이미식스 한류를 앞당기겠습니다. 박용진의 4차 산업혁명 주도 경제성장전략은 '삼각편대전략'입니다. 동시감세와 규제혁신, 정부지원 삼각편대를 통해 국민과 기업의 창의력과 도전정신을 극대화하겠습니다.

첫째, 박용진은 '법인세 소득세 동시감세'를 통해 국민과 기업이 혁신에 나서도록 강력 지원하겠습니다.

박용진의 동시감세는 기업과 일하는 사람을 위한 당연한 인센티브입니다. 나아가 바이미식스 산업 등으로 국가전략기술 분야를 확대하고 강력한 지원을 통해 압도적인 기술 우위를 선점하도록 하겠습니다.

둘째, 박용진은 '규제혁신'을 통해 국민과 기업이 혁신에 나서도록 강력 지원하겠습니다.

박용진 대통령은 '규제혁신 국무총리'를 지명할 것입니다. 국무총리가 책임지고 지속적으로 불합리한 규제를 혁파하도록 하겠습니다. 이미 발표한 것처럼 우리 사회에 있는 각종 규제의 틀인 '관료의 도장 규제', '기존 주류 사업자들의 진입 장벽 규제', '대기업의 갑질 등 시장독점의 규제' 등 3대 규제를 과감하게 허물고 혁신의 고속도로를 놓겠습니다.

나아가 4차 산업혁명 신산업을 방해하고 있는 '대못규제', '중복규제', '법제미비 소극규제' 등 3대 규제를 담대하게 혁신하여 4차 산업혁명의 하이패스를 놓겠습니다.

셋째, 박용진은 '정부정책지원'을 통해 국민과 기업이 혁신에 나서도록 강력 지원하겠습니다.

인프라 구축을 넘어 대한민국의 존망이 달린 바이미식스 등 국가전략기술에 대한 초고속 개발을 책임지겠습니다. 미국의 백신 개발 초고속 작전(Operation Warp Speed)을 벤치마킹하여 민관 합동 전략기술 개발을 선도하겠습니다. 또한 누구나 편리하게 언제든 이용할 수 있는 '원스톱 창업지원 프로세스'를 만들 것입니다. 대한민국 방방곡곡, 인터넷과 스마트폰 어플에 '원스톱 창업지원센터'를 열어 스타트업을 신속하게 지원하는 플랫폼을 만들 것입니다. 무엇보다 공무원의 역량이 중요합니다. 우리나라는 세계 최고의 공무원을 갖고 있습니다. 일 잘하는 공무원이 확실하게 인정받고, 성과를 내는 공무원이 확실하게 보상받는 직무급제를 도입하겠습니다.

4차 산업혁명 선도국가로서의 대한민국으로 거듭나기 위해 제조강국 대한민국, 혁신강국 대한민국, 금융강국 대한민국을 만드는데 최선을 다하겠습니다. 발상전환의 정치, 새로운 길 박용진이 앞장서겠습니다.

감사합니다.

박용진은 기득권 타파 대통령이 되겠습니다

 2021년 8월 23일

연금 기득권, 정규직 기득권, 의사 기득권 등 세 가지 기득권 타파를 외쳤습니다. 사실 각각 하나하나가 정말 중요하고 힘들고 거센 저항을 받는 제안이었습니다. 지금도 그렇고 앞으로 정치의 중요한 과제일 것입니다.

안녕하십니까. 더불어민주당 대선 경선후보 기호 5번 박용진입니다.

저는 대통령 출마를 하며 구시대의 막내가 되기보다는 새로운 시대의 맏형이 되겠다는 약속을 드렸습니다. 또한 취업, 결혼, 내집 마련 과정에서 너무나도 힘들고 고통스러운 상황을 겪고 있는 우리 MZ세대, 청년들의 아픔에 가슴을 치며 공감하고 있다는 말씀도 드렸습니다. 그러면서 과감한 발상전환의 정치를 통해 행복한 대한민국, 888사회를 구현해서 대한민국의 미래를 변화시키겠다는 비전도 발표했습니다.

저는 오늘 이를 실현하기 위해 대한민국에 어떤 변화가 필요할지 곰곰이 고민한 결과로 3대 기득권 타파 공약을 말씀 드리기 위해 이 자리에 섰습니다.

기득권 세력이나 이익집단의 눈치를 보는 것이 아니라 불편한 진실에 대해 과감하게 이야기 하고 오로지 국민을 바라보는 자세가 지금 우리 대한민국 정치인에게 가장 필요한 덕목이 아닐까 생각을 합니다.

우리 헌법 10조에는 "모든 국민은 인간으로서의 존엄과 가치를 가지며, 행복을 추구할 권리를 가진다." 고 명시돼 있습니다. 저는 이 헌법에 보장되어 있는 행복을 추구할 권리를 실현하기 위해서는, 우리 MZ세대들의 행복 추구권을 가로막는 기득권을 해체하고 과감한 '기회의 재분배' 정책을 실천해야 한다고 생각합니다. 이를 위해 3가지를 공약합니다.

첫째, 연금 기득권 타파입니다.

지금의 적자구조는 반드시 해소해야 할 부분이라는 점에 대부분의 국민들께서 공감하실 겁니다. 하지만 대부분의 정치인이 이 불편한 진실을 해결하는 문제에 대해서는 강력한 주장을 하지 못하는 것이 현실입니다. 저는 국민연금과 공무원연금의 통합까지 염두에 두고 연금이 지속가능한 수준으로 정상화 될 수 있도록 강력한 자구책을 마련하겠습니다.

공무원연금은 지속가능하지 않습니다. 작년 공무원연금의 적자를 보전하기 위해 들어간 정부지원은 1조 7,638억원입니다. 공무원연금 가입자 1인당 147만원 정도의 세금이 지원된 것입니다.

이런 상황에서도 적자 규모는 갈수록 늘어날 전망입니다. 국회예산정책처는 공무원연금 적자가 2030년 6조 8,000억원, 2040년 12조 2,000억원으로 불어날 것으로 내다보고 있습니다. 해마다 이 정도 국민 세금이 들어가야 한다는 것입니다.

따라서 연금개혁은 시급한 과제입니다. 직업이나 근로시기에 따른 소득격차가 노후의 신분격차·연금격차로 세습되는 불공정을 하루빨리 단절시켜야 합니다. 현재 많은 청년들이 정규직과 비정규직, 실업 등을 오가며 저임금에 불안정한 생활을 하고 있습니다. 평생 안정된 직장에 고임금을 받아왔던 586세대들의 두둑한 공무원연금과 군인연금의 적자를 보전하기 위해 자신의 소득의 20%~30%를 부담하라는 것은 공정하지 못합니다.

공무원연금 가입자 중에서도 신구 세대 간 현격한 격차가 발생하고 있습니다. 지금 당장은 발언권이 약한 신규 임용자에게 개혁의 부담 대부분을 떠넘기다 보니 개혁 효과도 미비하고 장기적인 관점에서 공무원 사회에서 세대 간 불신의 단초가 발생하고 있습니다.

연금통합은 더 이상 늦춰서는 안 됩니다. 통합이 늦어질수록 일자리 독점도 모자라 연금 독점까지 누리게 될 '586세대'들이 불안정한 일자리로 짧은 근속기간을 채울 수밖에 없을 청년세대들을 위해 마지막으로 결단을 내릴 수 있는 골든타임을 살려야 합니다.

공무원 연금 가입자는 국민연금제도 가입자로 '의제전환'하여 통합하고 통합 이전 가입기간은 기존제도 가입기간으로 기득권을 인정하고 통합 이후의 기간은 신규 및 재직 구별 없이 국민연금 적용해야 합니다.

가입이력이 다른 제도는 '공적연금 연계제도'를 활용하면 됩니다. 국민연금과 공무원연금 등의 서로 다른 연금제도의 가입기간을 연계해서 통산하고 과거 이력 부분은 기존 연금제도에서 확실하게 지급할 계획입니다.

어렵더라도 할 말은 하고 할 일은 해야 합니다.

욕먹을 각오, 미움 받을 용기가 있는

정치인만이 대한민국 대통령의 자격이 있습니다.

2014년 'KDI보고서'에 따르면 전체 공무원을 국민연금에 가입시키고 민간 수준의 퇴직금을 보장할 경우, 적자보전금은 540조원이 절감되며 총 재정부담도 360조원 정도가 감소할 것으로 전망한 바 있습니다. 미래세대의 부담을 경감하기 위해 당장 연금통합 논의를 시작해야 합니다.

둘째, 정규직 기득권 타파입니다. 정규직 기득권 특혜는 줄이고 비정규직 처우를 개선하겠습니다.

연공에 따라 임금이 상승되는 연공급은 정규직과 비정규직, 대기업과 중소기업 사이의 불공정한 임금격차를 조장하는 핵심 기득권입니다. 경제 환경의 불확실성이 높아져 장기간 고용을 유지하기 어려워짐에 따라 MZ세대가 연공급의 혜택을 미래에 받을 수 있을지는 자체가 불투명합니다.

과도한 정규직보호의 부작용으로 나타나는 비정규직의 낮은 임금과 고용불안, 각종 복리후생에서의 차별 등을 없애기 위해서는 연공급제에서 탈피, 노동이 창출하는 가치에 따라 임금이 지급되는 직무급제로의 전환을 추진해야 합니다. 직무급제는 '동일가치 노동 동일임금'이라는 공정성의 원칙에 부합하는 임금체계로서 우선 공공부문부터 직무급제를 확대해야 합니다.

자신의 선택에 따른 직업의 자유로운 변경을 보장하기 위해서 자발적 실업에 대한 고용보험 적용도 강화해야 합니다. 직장 이동 중에 발생하는 실업 및 이직 등에 대한 비용을 자신이 미리 내 둔 고용보험이 부담하게 하여 새로운 도전을 위해 직장을 그만둘 때 새로운 직장을 탐색하고, 생활비에 보태기 위한 안심자금으로 활용할 수 있도록 해야 합니다. 자발적 실업자가 낸 고용보험료도 실업했을 때 당당하게 쓸 수 있는 고용보험 피보험자의 당연한 권리입니다. 사전에 납부하여 고용보험기금에 적립한 자신의 돈이기 때문입니다.

또한 비정규직으로 노동시장에 들어오는 청년 근로자들에 대해 직장을 옮기고 계약기간이 1년에 못 미치는 불안정 근로가 되더라도 노동시장에서 총 노동기간이 7년(84개월)이면 1년 정도 통상임금을 받으며 재충전할 수 있도록 '청년 안식년' 제도를 도입하겠습니다. 특히 퇴직금을 주지 않으려고 7개월, 9개월, 11개월 만에 계약을 해지하는 기업에게는 재충전 보장권 이행을 위한 부담금을 적립하도록 의무화하겠습니다.

또한 공무원, 학교선생님, 군인 등 대한민국 모든 국민이 가입하는 '전국민 고용보험제도'를 확대 추진하고 산재보험도 일원화해서 출퇴근 시에 발생하는 통근재해에 대해서도 보상을 강화하겠습니다.

더 나아가 아프면 쉴 수 있는 전국민 상병수당도 도입하겠습니다. 과로사를 없애고 '위드코로나 시대'의 감염병 확산에 선제적으로 대처하는 사회보험 선진화를 이루겠습니다.

셋째, 의사 기득권 타파입니다. 원격진료를 확대하고 건강보험으로 보장을 강화하겠습니다.

작년 의대정원 확대, 공공의대 추진과 관련해서 정부와 의사협회 간의 갈등이 있었습니다. 국민들에게 양질의 의료서비스를 제공하려는 시도가 의사들의 기득권에 막혀 무산되는 것으로 사실상 봉합이 됐습니다. 저는 이런 기득권들의 모습을 보고 참 안타까운 마음을 금치 못했습니다.

당장 할 수 있는 부분으로 △단순처방 연장 등 비대면 진료 확대 △온라인 심리지원 서비스 국민건강보험 적용 △온라인 비만 건강관리 서비스 국민건강보험 적용 등을 실시하겠습니다.

구체적으로 코로나19의 장기화로 인해 비대면 경제가 일상화되었습니다. 이제 우리는 '위드코로나 시대'를 준비해야 할 상황에 직면한 것입니다. 특히 세계적으로는 의사와 환자가 직접 대면하지 않고 진료를 할 수 있다는 장점 때문에 원격진료가 발전하는 중에 있습니다.

우리 정부도 대면 진료 과정에서의 코로나19 감염을 우려해 지난해 12월 15일부터 감염병위기경보 '심각' 단계에 한해 전화 진료를 한시적으로 허용하고 있습니다. 이후 8개월 동안 전화 진료 앱

이 속속 생겨나면서 비대면 진료 시장이 빠르게 커졌습니다. 하지만 전화 진료는 주의 약물이 제대로 설명이 되지 않는 등 문제점과 한계를 가지고 있습니다. 따라서 국민의 생명과 안전을 담보할 수 있는 보다 효율적이고 체계적인 관리가 필요한 상황입니다.

저는 '위드코로나 시대'에서는 원격진료를 할 것이냐 말 것이냐의 문제를 넘어 누가, 누구에게, 언제, 무엇을, 어떻게 할지 본격적으로 논의해야 한다고 생각합니다. 위험을 낮추고 데이터에 기반한 효율적인 의료서비스를 제공하기 위한 교육과 인증과정을 정리하고 고령화의 급증에 따른 만성질환자의 비대면 진료를 스마트폰을 통해 쉽고 안전하게 모니터링 할 수 있도록 규제를 개혁하겠습니다.

무엇보다 코로나 19 장기화로 심각한 우울과 불안을 호소하고 있는 20대와 여성, 저소득층에게 스마트폰을 이용한 온라인 사회심리지원과 정신건강서비스를 국민건강보험으로 제공해야 하겠습니다.

또한 코로나19로 비대면 수업이 일상화하고 학교가 제공하는 교육·양육·신체활동 촉진 등의 기능이 중단되면서 나타나는 어린이들의 비만을 관리하기 위한 정책인 이른바 '온라인 비만 건강관리 서비스'를 국민건강보험으로 보장하겠습니다.

이러한 국민건강 확장을 위한 정책적 논의와 공공의대 확대 등 공공의료 강화를 위한 제도 도입 노력이 일부 의사집단의 기득권 보호를 위한 행동에 막혀 옴짝달싹 못하고 있습니다. 저는 기득권 타파와 정책적 논의의 진전을 위한 사회적 합의를 이끌어내는 대통령이 되겠습니다. 갈등이 두려워 머뭇거리면 더 큰 갈등이 생겨날 수밖에 없습니다.

'유능한 진보'의 길을 가겠습니다. 진보진영과 민주당 안팎의 낡은 금기와 진영논리를 넘어서고자 합니다. 오늘 당장 박수 받을 생각만 하고 표만 생각하는 정치인은 대한민국을 책임질 수 없습니다.

어렵더라도 할 말은 하고 할 일은 해야 합니다. 욕먹을 각오, 미움 받을 용기가 있는 정치인만이 대한민국 대통령의 자격이 있습니다. 저의 이런 3대 기득권 타파 공약을 통해 발상전환의 정치를 실현하고 행복한 대한민국과 888사회를 구현하겠습니다.

많은 응원 부탁드립니다.
감사합니다.

10

혁신적인 국민 통합정부 구성을 위한 〈인사대탕평공동선언〉을 제안합니다!

– 4기 민주 정부 박용진 정부의 5가지 인사 원칙의 방향

 ▶ 2021년 8월 31일

지금 윤석열 대통령의 인사 스타일을 보면서 새삼 다시 되새겨 보는 약속입니다. 정말 대통령이 되면 이 약속만큼은 집무실에 걸어 놓고 되새겨 가면서 내가 잘하고 있나 확인하겠다고 다짐했습니다.

존경하는 국민 여러분, 사랑하는 당원 동지 여러분, 민주당 대선 경선 후보 기호 5번 박용진입니다.

오늘부터 대전·충남 권리당원들의 온라인투표를 시작으로 더불어민주당 대선후보 경선 투표가 시작되었습니다. 바야흐로 민주당 경선이 본격적으로 시작되는 것입니다. 저는 권리당원들의 투표가 시작되는 오늘 제4기 민주 정부가 담아야 할 인사 원칙 공약을 말씀드리고자 합니다.

인사가 만사입니다. 늘 어떤 사람을 어느 자리에 쓰느냐가 국민의 관심이셨습니다. 인사를 잘못하면 백 가지를 다 잘해도 좋은 평가를 받지 못했습니다. 앞서 모든 정부가 인사 문제로 곤욕을 치렀고 국민들을 실망하게 했습니다. 이제 그런 일을 최소화하고, 새로운 시대에 걸맞은 인사 원칙을 분명히 함으로써 박용진이 이끌어 갈 민주 정부 4기에 대한 국민적 신뢰를 구축하고자 합니다.

여의도 유력 대선주자 캠프는 대선 승리 시 한 자리씩 얻어 가질 생각으로 그럴듯한 캠프 내 직책을 가진 사람들로 가득합니다. 이들이 대선 캠프를 기웃거리는 이유는 그 후보의 미래 비전과 정책을 지지하고 공감하기 때문이 아니라 한자리를 얻어 보겠다는 욕심 때문이라는 사실을 모두가 알고 있습니다.

능력이 있는 사람이 대선 과정에서 헌신하고 그 공로로 국가직이나 공기업의 중요한 역할을 하는 것은 상관없지만, 능력도 없고 경험도 없으면서 자리만 탐하는 사람들은 성공한 정부를 만드는 데 걸림돌로 작용합니다. 이는 결국 국민의 피해로 돌아갑니다. 잘못된 인사, 무능한 인사로 인한 피로감과 무력감이 정부의 발목을 잡고 사회적 통합을 저해하기까지 합니다.

국민께서는 능력 없는 사람들이 유력 후보의 대선 캠프에 인연을 대고 최고 권력자의 측근에게 잘 보여 중요한 국가 공직이나 각종 공기업의 알짜 보직을 얻어 나라를 좀먹는 낡은 행태가 다시 반복되지 않기를 바라고 계십니다.

캠프에 줄 잘 서서 한 자리씩 나눠 먹는 낡은 시대는 이제 끝나야 합니다. 이른바 보은 인사, 측근 인사 우려는 저를 포함한 모든 대선 후보자들이 미리 원칙을 분명히 해야 할 문제입니다. 그래서 오늘 박용진 정부의 인사 원칙을 밝힙니다. 다른 민주당 대선 후보들께서도 각자의 인사 원칙을 밝혀주실 것을 요청합니다.

이를 바탕으로 국민의 눈높이에 걸맞은 공정하고 투명한 인사 원칙을 공약으로 내걸어 누가 민주당의 후보가 되고 대통령에 당선되더라도 이를 공동으로 실천하겠다는 <4기 민주 정부 인사대탕평원칙>에 대한 공동 공약 선언을 제안합니다.

국민의 눈높이에 걸맞은 공정하고 투명한 인사 원칙을 공약으로

내걸어 누가 민주당의 후보가 되고 대통령에 당선되더라도

이를 공동으로 실천하겠다는 〈4기 민주 정부 인사대탕평원칙〉에

대한 공동 공약 선언을 제안합니다.

〈박용진 정부의 5대 인사 원칙의 방향〉

① 진영을 망라하는 인사 대탕평 정부
- 진보와 보수 등 정치적 입장과 상관없이 정부 혁신이 가능한 사람들 위주로 새로운 비전을 가질 수 있는 인사를 하겠습니다.
- 특히 저는 인구정책을 총괄할 인구 부총리, 나라 살림을 책임질 국부펀드위원회 등 정권의 성격과 상관없이 국가의 중장기 정책을 세우고 추진해야 할 국가전략과제 직책에는 진영과 무관한 인사를 배치할 것이며 야당의 입장을 우선 배려하겠습니다. 그래야 대통령이 달라지고 정권이 바뀌어도 대한민국은 지속 발전이 가능할 것입니다.
- 공기업 상임감사의 야당 추천제를 도입하여 공기업의 민주적 운영을 시작하겠습니다. 공기업의 장은 집권 철학을 같이하는 인사가 임명되더라도, 이를 감시하고 견제할 공기업의 상임감사는 다른 목소리를 낼 수 있는 사람이어야 합니다. 경제민주화의 핵심이 기업 이사회의 다양성을 보장하는 것인 것처럼 공기업이 방만하게 운영되거나 이사장의 전횡이 이뤄지지 않도록 감사 기능의 실질화를 만들어야 합니다.

② 30~40대 청년 정부 구성
- 2008년 오바마 대통령이 임명한 장관 및 장관급, 백악관 고위직 등 24개 요직의 평균 연령은 54세, 40대 이하 7명이었습니

다. 박용진 정부는 능력 있는 청년들을 발굴하고 역할을 맡기 겠습니다. 능력 있는 청년들의 전진 배치로 국가발전의 활력을 일으키겠습니다.

- 기획재정부와 고용노동부, 산업부를 비롯하여 청년 경제 및 고용과 관련된 정부 부처 및 공기업에 30~40대 기관장 및 임원을 임용하여 청년 고용의 시선에서 전체 정책이 재조정될 수 있도록 하겠습니다.
- 문화부와 관광부를 분리하고, 문화 등 청년들의 삶과 밀접한 관련이 있는 분야는 청년 인재 중심으로 간부진을 재구성하겠습니다.
- 환경 업무와 정보 업무 등 미래 산업과 관련된 분야의 간부진에 청년들이 적극적으로 진출할 수 있도록 하겠습니다.
- 청와대 비서관 이상의 직급에 대해서 30~40대 전문가들의 참여를 대폭 강화하도록 하겠습니다.

③ 남·여동수 정부 구성
- 내각 및 청와대 주요직책에 여성과 남성 동수 원칙을 도입하겠습니다.
- 프랑스 마크롱 대통령은 2017년 첫 내각 출범 당시 여성 국방부 장관 실비 굴라르를 비롯해 여성을 절반으로 구성했습니다. 이는 남성을 절반으로 채웠다는 이야기이기도 합니다. 능력 있는 남성과 여성 모두에게 국가를 위해 헌신할 수 있는 기회를

만들어야 합니다.

④ 캠프 및 측근 인사 위주의 밀실 인사 배제
- 청렴성과 능력 위주의 폭넓은 인사를 등용하겠습니다.
- 별다른 경험과 능력이 없는 사람이 단지 캠프 출신이고 당선자
  와 인연이 있다는 이유만으로 중요직책이나 산하 기관 기관장
  이나 상임감사 등 수억원 연봉을 받는 자리로 가는 어처구니없
  는 나눠 먹기 인사를 배제하겠습니다.
- 고소영 인사, 성시경 정부, 캠코더 인사, 회전문 인사 등 이야기
  가 나오지 않도록 하겠습니다.

⑤ 땅 투기와 부동산 논란으로부터 자유로운 정부
- 국토부 장관과 LH 사장 등 부동산과 관련된 부처와 기구의 간
  부들은 무주택자로 임명하여, 임차인 등 무주택자의 시선과 입
  장을 최대한 반영하도록 하겠습니다. 이런 인사 극약처방이 필
  요할 정도로 부동산은 국민 우울 문제이고 국가적 긴급상황입
  니다.
- 농림부, LH와 농협 등 농업과 관련된 기구의 직원에 대한 농지
  보유를 금지하도록 하고, 공공기관 임직원들의 불필요한 농지
  보유를 해소하도록 하겠습니다.
- 무주택과 임대주택에 거주하는 공무원과 공직자에 대해서 인
  사 인센티브를 부여하도록 하겠습니다.

박용진은 교육혁명 대통령이 되겠습니다

– 우리 사회 혁명이 필요한 곳이 있다면 그곳은 바로 교육 분야입니다

 2021년 9월 9일

본격적인 경선 진행 중에 발표한 첫 공약이었습니다. 교육환경 전반에 대한 개혁을 약속했습니다. 특히 교육 시스템이 입시 위주로만 흐르고 미래 노동자로 살아갈 청소년들에 대한 지원은 부실하고 세상의 변화를 따라가지 못하는 현실을 비판적으로 반영했습니다.

세상은 빠르게 변하고 있는데 놀랍게도 우리 교육은 수십년 흘러온 관성 그대로의 모습으로 있습니다. 세상은 융합형 인재를 요구하고 있습니다. 또 새로운 신기술이 지속적으로 개발되고 있습니다. 인공지능 AI, 바이오, 배터리, 반도체처럼 우리나라의 미래를 좌우할 첨단 분야 인재 양성이 시급합니다. 하지만 우리 교육은 이를 뒷받침해주고 있지 못하는 것이 현실입니다.

공교육 체계의 변화에서부터 대학 교육의 실용화까지 교육 현장의 변화를 만들겠습니다. 교육이 부의 대물림, 불평등의 증폭기가 아닌 계층이동의 사다리, 사회양극화 해소를 위한 공정과 기회의 디딤돌이 되도록 하겠습니다. 학교는 아이들을 포기하지 않고, 교육이 공정과 기회의 출발점이 되는 세상, 개인은 취업이 쉬워지고, 기업은 원하는 인재를 채용할 수 있는 세상을 만들기 위해 교육혁명을 완성하겠습니다.

이러한 세상을 만들기 위해서는 초·중·고교 시절부터 공교육이 강화되어야 합니다. 저는 국민들께서 바라는 특별할 것 없는 공교육의 모습은 크게 3가지라고 생각합니다.

첫째, 아이가 좋은 선생님을 만나서 양질의 수업을 받았으면 하는 바람입니다.
둘째, 공정한 입시를 통해 대학에 진학하고 싶은 바람입니다.

현재 시범적으로 운영되고 있는 기초학력보

- 기초학력 지원 프로그램 운영
  - 정규 교사, 퇴직교사, 각종 전문 자격 소지자 등 배치
- 학교와 가정을 연계한 지원
- 초등학교에 집중되어 있는 기초학력지원 프로그램 중고등
  - 학생 개인별 특성에 맞는 교육서비스 제공
- 학급당 학생 수 감축
- 맞춤형 교육을 위한 학력진단체계 구축

교육계 기득권 세력들, 집단 이기주의의
벽을 허물고 유치원 3법을 해낸 박용진이
이제 대통령이 되어 대한민국의 교육을 한번
싸~악 바꿔 보고자 합니다.

셋째, 대학 졸업 이후 취업을 제때 하고 싶은 바람입니다.

저는 이런 특별할 것이 없는 국민들의 교육을 향한 3가지 바람을 이루기 위해 과감한 교육개혁을 통해 기득권을 해체하고, 국민들로부터 인정받고 사랑받는 공정한 교육환경을 만들고자 합니다. 교육개혁을 위한 엄청나게 많은 과제가 있지만 이를 위해 오늘 제가 당장 공약하는 것은 총 5가지입니다.

첫째, 박용진은 교원평가제를 통해 부적격 교사를 퇴출시키겠습니다.

저는 이미 부적격 교사에 대해 퇴출까지도 가능하게 하는 교원평가제도의 개선을 대선 공약으로 발표한 바 있습니다.

교육의 질은 교사의 자질을 능가할 수 없습니다. 아이들을 사랑하는 마음으로 사명감을 가지고 가르치는 선생님이 최고 수준의 수업을 학생들에게 제공할 수 있다는 겁니다.

하지만 우리나라는 한 번 교사로 임용이 되면 부적격한 교사라 할지라도 계속해서 아이들을 가르칠 수 있는 것이 현실입니다. 이는 교원평가제도에 제대로 된 보상이나 제재가 없기 때문입니다.

교사의 전문성과 자질을 객관적으로 평가할 수 있도록 교원평가제도를 개혁하겠습니다. 정상적인 교육활동이 어려운 교사의 제재 자료로 활용할 수 있도록 하겠습니다. 특정 교사가 반복적으로 저평가를 받을 경우 우선은 전문성을 제고할 수 있도록 기회를 보장하겠습니다. 기회를 주었는데도 개선이 없을 경우에는 세 번의 기회를 더 제공하고 그 이후에는 삼진 아웃제를 도입하겠습니다.

삼진 아웃 교사가 정말로 부적격한 교사가 맞는지에 대해 최종적으로 결론을 내릴 수 있는 검증위원회를 설치하겠습니다. 만약 검증위원회에서 부적격한 교사로 결론이 날 경우 직권으로 면직시켜 교사의 퇴출까지 가능한 구조를 만들겠습니다.

더 나아가서는 교사의 정년도 공무원과 같은 60세로 맞추는 방안도 고민하겠습니다. 신규임용을 기다리는 청년들에게 더 많은 기회가 보장될 수 있도록 하는 방향으로 긍정적인 효과를 만들겠습니다.

둘째, 기초학력을 보장하겠습니다.

재능을 가지고 태어난 학생들에게는 자기 주도적 학습 환경을 조성하고 학습 능력에 따라 천천히 배우는 것이 적합한 학생들은 뒤처지지 않고 꾸준히 수업을 따라올 수 있도록 집중적으로 지원하는 구조를 만들겠습니다.

현재 기초학력을 보장하기 위해 한 교실에 2교사제, 보조교사제, 기초학력지원 전담팀제 등이 시범적으로 운영이 되고 있는 것으로 알고 있습니다. 박용진은 이 제도들을 당장 전면적 도입시키겠습니다.

더 나아가서는 정규교사 퇴직교사 각종 전문자격증 소지자들을 배치해서 기초학력지원 프로그램을 운영하고 학교와 가정을 연계한 지원과 맞춤형 교육을 통한 학력진단체계를 구축하겠습니다.

이를 통해 대한민국 교육의 질이 향상되고 아이들과 학부모가 행복하고 만족스러운 공교육 체계를 만들겠습니다. 포기되거나 포기하는 아이들이 없고, 주저앉는 아이들이 없는 학교를 만들겠습니다.

셋째, 입시를 공정하게 관리하는 〈입시공정감독원〉을 설치하고 입시비리는 엄벌에 처하겠습니다.

지금 학부모와 학생은 공정한 대학입시를 원합니다. 부모찬스가 아니라 정정당당한 실력으로 평가받기를 원합니다. 부모의 돈과 연줄로 산 스펙이 아니라 단순하고 투명한 입시기준을 요구하고 있습니다. 부잣집 아이 다시 부자 되고, 가난한 집 아이 가난을 대물림하는 나라 판검사 집 아이 다시 판검사 되고, 부모 잘못 만난 아이들은 기회조차 갖지 못하는 나라에 어떻게 희망이 있을 수 있습니까? 박용진은 학부모와 학생의 꿈, 공정입시를 실현하겠습니다. 이는 불투명한 입시환경을 없애는 것에서 시작할 것입니다.

교육부에서 학생부종합전형을 대폭 간소화한 대입제도 개선방안을 내놓았지만 아직도 학부모들과 학생들은 불공정한 입시 환경을 경험하고 있습니다. 미래에 더 나아질 것이라고 기대하기도 어렵다고 합니다.

저는 대입전형의 추락한 신뢰를 회복시키겠습니다. 고액과외와 스펙 품앗이가 합격을 좌우하게 해서는 안 됩니다. 돈이 많은 가정일수록 더 좋은 대학을 간다면 이는 결코 공정하다고 할 수 없습니다.

또 왜 떨어졌는지 알 수 없다면 입시는 결코 공정할 수 없습니다. 저는 입시 전 과정이 객관적이고 투명하게 공개될 수 있도록 하고 부실한 주관적 판단을 넘어 누구나 승복할 수 있는 객관적 평가가 이뤄질 수 있도록 하겠습니다. 그리고 이를 위해 <입시공정감독원>을 신설해 제가 약속한 모든 과정과 결과를 엄정하게 감독할 수 있도록 하겠습니다. 입시비리는 일체의 관용을 배제하고 엄벌에 처하겠습니다.

넷째, 대학교육의 혁신과 취업보장을 위한 확실한 대책을 마련하겠습니다.

지금 청년들의 최대 고민은 취업입니다. 내가 받는 대학교육과 취업공부가 일치하기를 원하고 있습니다. 그리고 내가 졸업한 대학과 학과의 졸업장이 직장에서 필요한 자격증이 되기를 바라고 있습니다. 졸업하면 바로 취업하기를 열망합니다. 그래서 취업에 필요한 스펙을 위해 엄청난 시간과 돈을 별도로 들이는 것에 숨가빠하고 있습니다.

박용진은 대학생의 꿈, 취업보장 대학을 만들겠습니다. 일자리와 전공의 불일치를 없애는 것에서 시작할 것입니다. 대학생은 갈 만한 일자리가 없다고 하고, 기업은 쓸 만한 인재가 없다는 미스매치를 없애겠습니다.

시대는 엄청난 속도로 변하고 있는데 대학에서는 낡은 교육내용으로 시대 변화를 따라가지 못하고 있고 현장에서 필요하고 미래를 구상할 인재를 키우지 못하고 있습니다. 대학에서 학점 따로, 취업을 위한 준비 따로, 미래를 위한 기술 습득이 따로따로입니다. 이래서는 대한민국이 미래 성장산업에서 앞서갈 수 없습니다.

기업이 필요한 인재를 키우는 기업연계형 전공 설계로 졸업 후 바로 취업을 보장하는 계약학과를 전면 확대하겠습니다. 나아가 기업이 단과대 또는 대학을 인수해서 운영할 수 있는 계약대 모델을 추진하겠습니다. 인구감소로 사멸해가는 지방대가 기업과 연계한 취업보장 대학으로 다시 일어나도록 하겠습니다. 지방대가 지역의 성장거점이 되도록 할 것입니다.

4차 산업혁명 시대에 필요한 인재를 길러내는 대학이 필요합니다. 4차 산업혁명의 일자리는 지금 구인난입니다. 포항공대, 한전공대를 넘어 삼성공대, 현대공대, LG공대도 필요합니다. 반도체 대학, 바이오 대학, 배터리 대학, 플랫폼 대학, 인공지능 대학이 필요합니다.

또한 4차 산업혁명은 하드웨어와 소프트웨어를 넘어 콘텐츠 혁명을 동반합니다. 문화·사회·도덕적으로 준비된 균형 잡힌 인재가 필요합니다. 이를 위해 인문·사회과학과 윤리 교육을 강화하겠습니다.

나아가 취업보장 대학을 넘어 창업보장 대학을 만들겠습니다. 대학이 기업을 만들고 일자리를 만들도록 하겠습니다. 대학의 연구가 특허가 되고 벤처가 되고 유니콘 기업이 되는 혁신 클러스터로 대학을 변모시키겠습니다.

다섯째, 신기술을 접목한 온택트 교육을 강화하겠습니다.

대학생들은 더 편리하고 더 저렴하게 대학을 다니고 싶어 합니다. 코로나 팬데믹의 상황에서 실시된 사이버 강의는 이를 실현할 절호의 기회를 주었습니다.

박용진은 대학생의 꿈, 온택트 교육을 실현하겠습니다. 가상현실(VR)·증강현실(AR)·혼합현실(MR)을 구현하는 메타버스 신기술을 집중 개발, 접목해서 사이버대학 시스템을 완비하겠습니다. 어쩔 수 없는 비대면교육이 아니라 대면교육과 병행하거나 대면교육 없이도 학생들이 새로운 기술과 학문을 충분히 배울 수 있는 입체감 있는 메타버스 강좌, 더 알찬 비대면교육이 가능하도록 하겠습니다.

더 나아가 부도덕한 사학을 개혁하겠습니다. 사학개혁 문제는 어제오늘 일이 아닙니다. 또 제가 사학비리 척결을 위해 그동안 해왔던 노력도 아실 것입니다. 때문에 이 부분은 긴말하지 않겠습니다. 박용진은 교육을 위한 예산이나 시설, 자원이 사적으로 사용되지 않도록 사학비리를 근절하고, 사학을 개혁하겠습니다.

존경하는 국민 여러분. 교육계 기득권 세력들, 집단 이기주의의 벽을 허물고 유치원 3법을 해낸 박용진이 이제 대통령이 되어 대한민국의 교육을 한번 싸~악 바꿔 보고자 합니다. 혁명이 필요한 곳에서 혁명의 불을 당기겠습니다.

반드시 해내겠습니다.
감사합니다.

12

뉴(New) DJ노선으로
유능한 진보의 길을 가겠습니다

— 광주전남에 미래전략신산업벨트를 구축하겠습니다.

2021년 9월 13일

호남에서의 지지를 호소하기 위한 기자회견문이었지만, 김대중 대통령의 정
치를 중도개혁 노선, 실사구시 정책, 통합정치 세 가지로 요약하고 이를 지향
하는 뉴DJ노선을 주장했습니다. 더불어 운동장을 넓게 쓰는 손흥민식 축구를
박용진의 정치로 비유해 진영논리에 얽매이지 않고 국민 상식과 눈높이에서
정치하겠다고 선언하기도 했습니다.

안녕하십니까. 더불어민주당민주당 대선 경선 후보, 기호 5번 박용진입니다.

　호남의 지지 없이 민주당의 대통령 후보가 될 수 없습니다. 미래를 향한 호남의 위대한 선택은 항상 대한민국을 바꿔왔고 민주당을 바꿔왔습니다. 호남의 민심을 얻어야 당심을 얻고 국민의 마음을 얻을 수 있습니다.

　그래서 저는 새해 들어 5.18 민주묘역을 찾아 마음을 가다듬었고 지난 3월 9일, 대선 1년을 앞둔 첫 행보로도 광주를 찾았습니다. 순천, 여수, 보성, 고흥, 목포 등 전남의 여러 곳을 찾아 다녔습니다.

　광주·전남의 민심은 이대로는 안 된다는 것이었습니다. 정권 재창출의 확실한 믿음을 민주당이 달라는 것이었습니다. 민주당이 변해야 하고, 정치가 확 뒤집어져야 한다는 것이었습니다. 뻔한 인물, 뻔한 구도로 뻔한 주장만으로 이길 수 없다는 것이 분명했습니다. 박용진이 판을 흔들고 뒤집어보라는 말씀이었습니다.

　그렇게 하겠습니다. 밋밋한 경선판을 흔들어 박용진이 DJ의 뒤를 잇는 유능한 진보 대통령이 되겠습니다. 발상전환의 정치를 앞세워 새로운 길을 만들겠습니다. 김대중, 노무현, 문재인 정부를 잇는 4기 민주개혁 정부는 유능한 진보 정부가 될 수 있도록 제 모든 것을 다 바치겠습니다.

어제까지 충청, 대구·경북, 강원, 그리고 1차 국민선거인단 투표가 있었습니다. 아쉽게도 여론조사에서 확인되었던 국민적 지지에 못미치는 득표를 했지만, 이제 시작입니다. 아직 호남권 투표도 남아있고 수도권 그리고 2차, 3차 슈퍼위크도 남아 있습니다. 누가더 중도확장성과 미래지향적인지 말씀드리겠습니다. 왜 박용진을 선택하셔야 하는지 선명하게 말씀드리려고 합니다.

오늘은 광주·전남의 공약을 발표하기 위해 왔습니다. 오늘부터 호남권 투표가 있는 2주 뒤까지 호남권에 총력을 다하겠습니다. 추석연휴에도 호남권에 머물면서 호남 민심의 지지를 호소할 생각입니다.

지금은 민생 위기의 시기입니다. 여수에서 치킨집 사장이 너무 힘들다며 극단적 선택을 하셨다는 비극적인 뉴스를 어제 원주에서 서울로 돌아가는 길에 들었습니다. 많은 자영업자들, 한계에 봉착한 국민들이 벼랑 끝에 서 계십니다. 민생에 유능한 정부가 국민의 삶을 살피고 보듬어야 할 때입니다.
저는 이번 경선 과정에서, 아니 대선 출마를 준비한 시점부터 호남의 유산, 김대중 전 대통령의 뜻을 이어 뉴DJ의 길을 가겠다고 계속적으로 말씀드렸습니다.

김대중 대통령의 중도개혁 노선, 실사구시 정책, 통합정치를 지향하고 운동장을 넓게 쓰는 손흥민 선수처럼 진영논리에 얽매이지 않고 국민 상식과 눈높이에서 정치하겠다는 말씀을 드렸습니다.

김대중 대통령이 그렇게 하셨듯이 저도 소신과 대의를 세우고 할 말을 하면서 할 일을 하고 유능한 진보의 길을 가겠다고 약속드립니다.

존경하는 광주·전남 시도민 여러분.

이번 대선에서도 많은 후보들이 광주와 전남을 위한 공약을 발표했습니다.

하지만, 그 공약들을 하나하나 자세히 보면 대단하고 거창한 공약인 것 같이 보여도 이미 수년 전에 발표된 공약들과 내용이 거의 유사합니다. 여기저기에 모여서 만들고 짓겠다는 점 단위의 산발적 공약들이 대부분입니다.

저는 이런 점 단위의 산발적 공약보다는 광주와 전남의 새로운 100년을 준비할 수 있어야 한다고 생각합니다. 대통령은 지역의 발전을 위한 담대한 미래 비전을 제시할 수 있어야 한다고 생각합니다. 점과 점을 유기적으로 잇는 입체적인 면 단위 상승 공약을 내놓아야 합니다.

김대중 대통령이 그렇게 하셨듯이

저도 소신과 대의를 세우고

할 말을 하면서 할 일을 하고

유능한 진보의 길을 가겠다고 약속드립니다.

32

저는 발상전환의 정치로 광주·전남이 나아갈 새로운 길을 말씀 드리려고 합니다.

여러 차례 기자회견을 통해서 대한민국의 미래 먹거리를 준비 하는 대통령, 〈바이미식스 대통령〉이 되겠다고 말씀드렸습니다. 바이미식스는 우리나라 경제성장의 차세대 핵심산업인 바이오헬 스, 2·3차 전지, 미래차, 6G입니다. 저는 이 공약이 가장 잘 실현될 수 있는 지역이 바로 광주와 전남, 우리 호남이라고 생각합니다.

저는 바이미식스 광역경제권을 만들어 광주전남에 그랜드비전 을 안겨 드리겠습니다. 구체적으로 △나주혁신도시에 에너지 특 화산단 △함평·광산에 미래차 특화산단 그리고 △장성·북구에 AI 인공지능 특화 산단을 만들겠습니다. 이 세 곳을 중심으로 480만 평 규모 국가 미래산업 삼각지대를 구축하겠습니다.

더 나아가 △화순에 바이오백신 산업특구 △여수·순천·광양의 5G 스마트산업단지 △고흥에 6G 우주발사체 산업 클러스터를 구 축해 광주·전남 전역에 광역경제권을 형성시키겠습니다. 이렇게 되면 우리 광주·전남에 미래 먹거리 산업이 모두 들어서게 됩니다. 그야말로 광주·전남 바이미식스 미래산업단지가 만들어지는 겁니 다. 앞으로 4차 산업혁명 시대에는 우리 호남이 이를 선도하는 대 표지역이 될 것입니다.

이외에도 호남 초광역 에너지경제공동체(RE300)를 구축하고,

완도 국립난대수목원, 흑산공항 조기 추진하겠습니다. 이렇게 지역 특성에 맞는 사업으로 지역경제를 활성화하겠습니다.

광역경제권 조성을 위한 교통망도 충분히 확충하겠습니다. 광주와 전남에 들어설 바이미식스 각 산업 간에 유기적인 소통이 될 수 있도록 산업간 교통망 연결을 이뤄내겠습니다. 광주 상무지구와 나주혁신도시를 잇는 광역철도와 광주 1호선의 화순 연장으로 광주·전남 미래산업 삼각지대의 연결성을 높이겠습니다. 달빛고속철도와 전라선 고속화 사업으로 도내 십(十)자 철도노선을 구축하고, 서부 경전선 고속화 및 호남고속선 직결을 통해 무안공항을 국가 거점공항으로 만들겠습니다.

박용진이어야 할 수 있습니다. 박용진이어야 가능합니다. 광주의 미래, 전남의 미래 100년을 내다보는 그랜드비전으로 광주와 전남 발전의 대전환을 이루겠습니다.

여러분의 압도적인 지지로 뉴DJ의 길을 걸어 나가겠습니다. 광주·전남 시도민 여러분께서 저 박용진과 함께해 주십시오.
남은 경선 기간 동안 절대 포기하지 않고 끝까지 최선을 다하겠습니다.
감사합니다.

4부

거대 세력과
마주하는 용기를 가진
행동하는 정치인

20대 대통령선거
더불어민주당 경선 언론인터뷰

"계파 · 조직 없지만…
야생마 같은 열정 · 용기로 대선 승부"

국민일보 ◎　2021년 2월 5일 [논설위원의 이슈&톡] 글_손병호 논설위원

더불어민주당 박용진 의원(서울 강북을)이 최근 대선에 출마하겠다는 뜻을 밝혔다. 박 의원은 우리 사회에서 공정 의제를 가장 열심히 제기해온 정치인이다. 그는 2년 전 '유치원 3법' 개정을 끌어낸 것을 비롯해 현대차 리콜 문제, 재벌 개혁과 대기업 과세 등의 이슈를 주도했고, 최근에는 주식 공매도 제도의 불공정에 대해 목소리를 냈다. 국회 주변에서는 박 의원이 서울시장을 하면 참 잘할 것이란 얘기가 많았지만 그는 예상과 달리 대선행을 택했다. 지난 2일 국회 의원회관에서 박 의원을 만났다. 대선의 길이 두렵지 않으냐고 물었더니 그는 "겁도 나고 그런 결심을 한 게 후회도 됐었는데 노무현 전 대통령의 과거 연설문을 읽고선 용기가 충만해졌다"고 말했다.

무슨 연설문인가

"지난해 대선 출마 결심을 하고 봉하마을에 갔다가 고교(서울 신일고) 선배인 배우 명계남 씨를 만났다. 대선 나간다고 했더니 '평소 친문한테 잘하지도 못했으면서 대선은 무슨 대선이냐'고 핀잔을 주더니 슬그머니 노 전 대통령의 연설문을 손에 쥐여주더라. 2001년 12월 대선 경선 출마를 선언했을 때 연설이다. 나처럼 계파도 없고 심지어 출입기자들이 기사도 안 써주던 때 했던 연설이다. 비록 손 비비면서 정치를 하지 않아 세가 약하지만 국민이 지금까지 걸어온 자신의 정치 궤적을 살펴보고, 대통령이 됐을 때 진짜 약속한 일들을 해낼 만한 인물인지를 평가해 달라고 호소하는 내용이다."

출마 결심은 언제 했나

"이미 2년 전부터 생각했던 일이고 지난해 초에 최종 결심했다. 처음에는 겁도 나고, 주변에서도 말리더라. 내가 결심을 하고 나서부터는 아침에 일어나면 후회되기도 하고, 내 결심이 나를 옥죄어오기도 하더라. 든든한 백도 없고, 계파도 없고, 조직도 없고 누가 밀어주는 것도 아니지만 내가 내 계획과 비전을 갖고 국민한테 이런 나라를 만들어가겠다고 하는 변화에 대한 열정과 용기를 보여주다 보면 상황이 달라지리라 본다. 대선행을 몸값 키우기 차원이라거나, 차차기를 염두에 둔 연습 아니냐고도 하는데 그건 오산이다. 앞으로 남은 1년1개월을 보면 그게 아니란 걸 확실히 알 수 있을 것이다."

주변에서 뭐라 하던가

"민주당 의원 80명 정도를 만났는데 대부분 용기를 내줘서 고맙다고 격려하더라. 그중 어떤 586 선배가 한 말이 기억에 남는다.

그 선배는 '정치는 머릿수로 하는 게 아니다. 계파 없다고 기죽지 마라. 꼰대 선배들이 왜 벌써 나서냐고 말릴지 모르지만 너도 이미 늦었으니 신경 쓰지 마라(그는 다음 달에 만 50세가 된다). 지도자란 남에게 울림을 줘야 하는데, 넌 이미 나를 떨리게 하고 있다'고 하더라."

당내 기존 주자들에 비해 뭐가 장점인가

"젊은 개혁 정치인이라는 점이 최대 장점이다. 한국사회의 변화에 용기 있게 도전할 자세가 돼 있다. 경제 문제에 밝고, 공정 문제에 맞서 왔다는 점도 꼽을 수 있다. 정규군에 맞서 이긴 유격대들의 공통점은 빠른 속도였다. 박용진이 보여줄 수 있는 것도 더 좋은 사회를 위한 과감한 제안과 속도감 있는 실행 능력이다. 난 정치를 길들여지지 않은 야생마처럼 해왔다. 기득권 세력에 길들여지지 않았기에 어느 누구의 로비도 안 받고 특정 세력의 눈치도 안 보고 뭐든지 할 수 있다."

대통령이 돼서 뭘 하고 싶나

"코로나로 지금은 완전히 다른 시대가 왔다. 과거에도 충격적인 사건들이 있었는데 대표적으로 한국전쟁, 외환위기, 2008년 금융위기 등이다. 그런데 그 충격을 극복해가는 과정이 전부 다 양극화를 심화시키고, 격차사회를 심화시키는 방식이었다. 코로나도 마찬가지다. 위기에 잘 적응한 쪽만 호황을 누리고 나머지는 극심한 어려움을 겪고 있다. 그런 실수를 되풀이하지 않는 리더가 되고 싶다. 소외되는 사람이 없도록 위기를 제대로 극복하고 싶다."

구체적인 방안은

"미국과 스웨덴이 대공황과 2차 대전의 후유증을 극복해가면서 세계 최고의 복지국가로 변모했다. 그게 다 과감한 재정투입을 통한 경기부양책 덕분이었다. 그런데 코로나에 맞서고 있는 현재의 대한민국은 너무 짠돌이다. 이런 식으로 정부가 찔끔찔끔 돈을 쓰면 결국 기존 질서의 강자들만 살아남는다. 코로나 시대 경쟁에서 밀려난 이들이 새로운 활로를 찾게 하려면 과감한 재정투자와 특히 사회적 투자가 이뤄져야 한다. 동시에 새로운 사회계약을 맺어 껄끄러운 사안인 노동 개혁이나 좀비기업(한계기업) 정리 등의 산업구조 개편도 해야 한다."

대통령이 되면 정치는 어떻게 바꾸고 싶은가

"대통령이 되면 3가지를 꼭 하고 싶다. 우선 중요한 현안이 생기면 대통령이 직접 국회에 나와 설명하고 의원들과 일문일답도 하겠다. 두 번째는 야당 정치인들을 수시로 청와대에 초청해 어묵 국물에 소주도 한잔하고 그러겠다. 그럼 정치가 확 달라질 것이다. 언론·국민과의 소통도 정말 열심히 하겠다. 난 기자란 물어보거나, 물어뜯거나 둘 중 하나는 반드시 해야 하는 직업이라고 생각한다. 대통령을 물어뜯더라도 자주 만나겠다."

대통령이 돼서 우선 바로잡고 싶은 불공정 분야가 있다면

"여전히 많지만 그중에서도 교육과 기회의 불공정이 가장 큰 문제다. 지난 20년간 격차가 계속 심해져온 분야가 교육이다. 특히 특정 직업군의 자녀, 특정 지역 부모의 자녀, 자산이 많은 집의 자녀와 그렇지 않은 자녀 간에 교육이나 기회의 격차가 너무 크다. 코로나 시대를 거치며 그게 더 심해지고 있다. 그러려면 교육 시스템을 대대적으로 바꿔야 한다. 근대가 만든 대량생산과 대량소비에 맞춘 교육시스템이 아니라, 누구나 접근이 가능한 학습 시스템을 구축하고 혁신과 창업을 통해 다양한 기회를 창출할 수 있는 환경을 만들어야 한다."

삼성 이재용 부회장 구속 뒤 재벌이 새 출발하게 됐다고 평가했다

"형량 논란이 있지만 이 부회장 파기환송심에서 실형이 나온 것만으로도 한국 사회의 새로운 기준이 세워졌다고 본다. 재벌 총수들의 사익을 위해 기업의 돈과 조직이 동원되는 일이 없어지는 계기가 될 것이다. 그런 점에서 벌써부터 나오는 이 부회장 사면론은

242

부적절하다. 삼성도 새 출발 해야겠지만, 이 부회장 본인도 새 출발 했으면 한다. 특히 죄에 대한 처벌을 달게 받는 것으로 새 출발하면 좋을 것이다."

이건희 회장 장례식장 갔을 때 홍라희 여사는 뭐라 하던가

"말을 그대로 옮기지 않겠지만, 나한테 다가와 이 부회장 걱정하는 얘기를 했다. 그 모습을 보면서 엄마들 마음 다 똑같구나 하는 생각이 들었다. 내가 예전에 감옥에 갇혔을 때 우리 어머니가 면회를 와서는 교도관한테 '우리 아들 잘 부탁한다'고 신신당부하던데 홍 여사한테 그런 우리 어머니 모습이 보이더라."

부동산 문제로 계속 시끄럽다

"지금 부동산 문제는 공급의 문제다. 정부가 강남3구 아파트값 잡는데 모든 에너지를 쏟아선 안 된다. 시장의 반응과 신호에 대해서도 부정적으로만 생각하지 말아야 한다. 그 반응과 신호를 좋은 정책을 만드는데 유용하게 쓰면 되는데, 그걸 누르려고만 하니 계속 사후약방문식 처방이 되는 것이다. 사람들이 가장 살고 싶은 곳은 도심이고, 그것도 직장이 가까운 곳에 있는 아파트다. 아파트 중에서도 새 아파트다. 이런 아파트들을 많이 공급해야 한다. 그래서 도심에 용적률을 높여서라도 공급을 늘리고, 동시에 공공임대 아파트 비율도 높여야 한다. 얼마 전에 이런 얘기를 SNS에 올렸더니 변창흠 국토교통부 장관이 전화를 걸어와 본인 생각과 같다고 고맙다고 하더라."

정의당 김종철 전 대표의 성추행 사건을 어떻게 보나

"(박 의원은 김 전 대표와 둘도 없는 친구 사이다) 만감이 교차했다. 충격이었다. 그날 집에 가서 울었다. 장혜영 의원의 용기에 박수를 보내고 싶다. 아프고 힘들어도 그 용기가 세상을 바꾸는 것임을 새삼 깨달았다. 용기를 내는 만큼 세상이 변한다. 용기 있는 정치를 해야 한다. 그런 점에서 민주당은 용기가 많이 부족한 당이다. 공정거래 3법이나 중대재해처벌법 등이 약화돼 통과된 것도 세상을 바꾸려는 용기가 없기 때문이다."

요즘은 당에 대한 쓴소리가 뜸해졌다

"할 말은 하고, 할 일은 하겠다는 것은 그대로다. 박수받으려고 소신을 접거나, 욕먹는 게 싫어서 생각을 숨길 생각은 전혀 없다. 여전히 '내로남불' 정치나 특정 진영의 논리에 얽매여 정치해선 안 된다는 생각을 갖고 있다."

박 의원에게 왜 요즘 공매도 얘기를 많이 하게 됐냐고 했더니 그는 '요즘'이 아니라고 했다. 아무도 관심을 기울이지 않았지만, 이미 초선 의원 시절인 2016년부터 공매도에 문제가 많으니 관련법을 바꿔야 한다는 얘기를 해왔는데 이제야 주목받고 있는 것이라고 설명했다. 그런 게 박 의원이 해온 정치일 테다. 그렇게 혼자, 당

안팎에서 저항에 부딪히고 비판을 받으면서도 꿋꿋하게 소리쳐 오던 공정과 정의에 대한 의제들이 시간이 지나 뒤늦게 하나둘씩 박 의원이 말한 대로 이뤄지고 있는 것이다. 말한 것을 끈질기게 제도 개혁으로 이뤄냈던 그인데, 진짜 대통령이 돼 세상을 바꿔낼 수 있을까. 결과야 알 수 없지만, 하나 분명한 건 여당의 대선 경선전이 엄청 재밌을 거란 생각이 들었다.

여당 속 야당 박용진의 대선출사표

"지금 필요한 사람은 거대 세력과 마주하는 용기를 갖고
정직하게 말하고 행동하는 정치인"
"혁신 기업 더 많아져야, 세계적으로 인정받는 삼성전자 같은
기업 5~10개 더 만들어낼 것"

월간중앙 2021년 3월 1일 글_허인회 월간중앙 기자

"지금도 그날을 생각하면 눈물이 난다." 박용진 더불어민주당 의원이 20대
국회 하반기 원구성 당시 소속 상임위원회가 정무위에서 교육위로 바뀐 날
을 떠올리며 하는 말이다. '대기업 저격수'로 경제민주화를 부르짖었던 박 의
원은 "영문도 모르고 쫓겨났다"는 교육위에서 '유치원 3법'이라는 20대 국회
대표 '히트상품'을 터트렸다. 지역에서 영향력이 막강해 지금까지 국회의원들
이 건드리지 못했던 한국유치원총연합회(한유총)를 상대로 한 1년 4개월 간의
투쟁이었다. 제작 결함 의혹에도 꿈쩍 안 하던 현대차의 리콜도 끌어냈다. 모
두가 힘들 것이라고 예상한 분야에서 거둔 성과다. 당내에서도 마찬가지였다.
박 의원은 민주당 안에서 '내로남불' 이슈가 터질 때마다 결이 다른 '소신 발
언'으로 비난과 찬사를 동시에 받았다. 특정 이익집단을 대변하고 계파에 편

승하며 진영 논리에 갇힌 국회의원들과는 다른 길을 걸어온 셈이다.

박용진 의원은 이번에도 쉽지 않은 도전을 결정했다. 목표는 2022년 대선이다. 당내 강력한 유력 대선주자가 존재하는 상황에서 친문 지지층에게 문자 폭탄을 밥 먹듯 받는 그의 선택이 의외라는 반응이 나오는 것은 당연하다. 하지만 그의 생각은 다르다. "바꾸고 싶은 세상의 그림이 완성됐고, 결심이 선 이상 고민할 필요가 없었다. 반드시 이번에 승부를 보겠다." 그는 "지금 대한민국에 필요한 것은 거대 세력과 마주하는 용기를 갖고 정직하게 말하고 행동하는 정치인"이라며 "지금껏 제가 해왔던 것을 보면 국민의 삶을 바꾸는, 역동적인 정치인은 바로 박용진"이라고 단호히 말한다. 지난 1월 27일, 국회 의원회관에서 쉽지 않은 싸움에 도전장을 내민 박 의원을 만났다.

"朴風 기다리며 근육 키우고 있다"

대선 출마 의지를 밝혔다

"'치기 어린 출마다', '몸값 키워보려는 도전이다', '차차기를 노린다' 등등 얘기가 나왔다. 그러나 절대 노(No)! 이번에 승부를 볼 것이다. 동료 의원들의 격려와 지원에 힘을 얻고 있다."

함께 하겠다고 직접적으로 의사를 표명한 의원들이 있나?

"당연히 있다. 원외에 있었던 고(故) 노무현 대통령은 후보 시절 천정배 의원 한 명 있었다는 것 아니냐. 노 대통령이 후보 시절 연설 가운데 '의원 숫자 보고 대선 하는 것 아니다. 국민만 바라보고 간다'고 하신 말씀도 있다. 그때 당시 당내 경선 들어가기 전으로 지지율이 1%도 안 나올 때였다. 나는 출발이 노 대통령보다 낫다(웃음)."

박 의원은 2월 8일, 대선 싱크탱크인 '온국민행복정치연구소' 발기인 간담회를 열며 본격적으로 공약 밑그림을 그릴 준비를 하고 있다. 연구소 명칭에는 국민 통합을 의미하는 '온국민', 따뜻하다는 뜻의 '온'(溫), 미래지향적 방향성을 담은 영단어 '온'(on) 등 의미가 담겨 있다. 이 연구소의 수장에는 [88만원 세대] 저자인 경제학자 우석훈 박사가 맡기로 했다. 우 박사는 2012년 대선 때 문재인 후보를 지지했고, 2016년 총선 때는 더불어민주당 총선정책공약단 부단장을 맡았다. 더불어민주당의 민주정책연구원 부원장으로도 일했다.

우 박사와는 언제부터 교감했나?
"과거부터 꾸준히 얘기를 하고, 의견을 교환해왔다. 온국민행복정치연구소장을 맡아주시겠다고 한 것은 지난해 10월 경이었다."

우 박사에게 어떤 역할을 기대하나?

"2015년 즈음, 우 박사가 민주정책연구원 부원장으로 계실 때 문재인, 정세균 등 당대표급 인사들을 대상으로 비공개 대통령학 공부 모임을 진행한 적이 있다. 석학을 모시고 토론도 하고 공격적인 질문도 주고 받는 예비 대통령 수업이었다. 일종의 트레이너였던 셈이다. 우 박사가 저에게 아주 좋은 길잡이 역할을 해주실 것으로 기대하고 있다. 제가 생각하고 있는 정치 비전을 구체화하는데 엄청난 힘이 될 것이다."

싱크탱크 이외에 어떻게 준비하고 있나?

"이미 울산, 광주, 부산 등 공개 지방 행보를 했다. 전국에 걸친 비공개 행보도 차근차근 진행 중이다. 그동안 재벌개혁, 유치원 3법, 공매도 등과 같은 성과들을 '점'이라고 하면 그 점들을 '선'으로 잇고 '선'을 연결해 '면'으로 만들어 그 면 위에 차곡차곡 계획과 비전을 쌓을 것이다. 지금은 사람들이 점으로 인식하겠지만 머지않아 입체적으로 박용진의 생각을 볼 수 있을 것이다. 지금 날아갈 준비를 하고 있는데 바람 불 때 근육과 깃털이 없으면 어떻게 비행하겠는가."

공식 출마 선언은 언제쯤?

"4월 보궐 선거 승리에 집중하고 그 이후에 할 생각이다."

"운동장을 넓게 써야 이긴다"

현재 민주당 대선 레이스는 이낙연 민주당 대표와 이재명 경기지사가 앞서가고 있다. 그에 비해 박 의원은 인지도가 높을 뿐 조직과 세력이 약한 것이 현실이다. 이에 그는 "계보도 계파도 조직도 없는데 어떻게 대선을 치를 생각이냐는 질문을 받을 때가 있다"며 "아주 구태스러운 질문"이라고 잘라 말한다.

"계보를 따라 계파에 속해 조직과 자금을 갖춰서 정치를 하려면 기존에 있는 사람들의 이해관계를 다 담아야 한다. 그렇다면 기존 질서를 어떻게 변화시키겠나. 기존 질서를 유지하기를 원하는 세력들이 돈과 사람을 대는데 기득권에 편입되면 용기를 어떻게 내고 변화를 선도해낼 수 있을까."

경선에 당원 투표가 영향을 미치는데 소신발언이 신경 쓰이지 않나?
"현안이나 논란에 대해 마이크가 오니까 제 생각을 얘기했었던 것뿐이다. 할 말은 하고 할 일은 해야 한다. 그게 당을 더욱 튼튼하게 만드는 일이다. 국민들이 제일 싫어하는 것이 정치인의 위선, 내로남불이다. 우리 편이니까 괜찮다? 그렇게 얘기하면 안 된다. 지금까지 조국, 박원순, 윤미향 등 많은 논란에 대해 당장 우리 편을 왜 감싸지 않느냐고 욕을 먹었지만 제 생각대로 얘기한 것뿐이다. 상식 위에 역지사지의 태도로 내로남불의 모습을 보여주지 말아야 한다."

박 의원은 지난해 이승만, 박정희 전 대통령에 대해 "미래를 바라보는 안목이 있었다"고 평가한 바 있다. 이 발언으로 여권에선 "변화 속도가 서노련(서울노동운동연합)에서 태극기까지 간 김문수 전 지사보다 빠르다"(최민희 전 의원)는 비난이 나왔다. 여당 정치인으로는 이례적으로 고(故) 이건희 삼성전자 회장의 빈소를 찾고 [조선일보] 창간 100주년 기념 타임캡슐 봉인식에 참석하는 행보를 보이면서 친문 강성 지지층의 거센 항의도 받았다. 운동권과 민주노동당이라는 태생에서 출발해 보수층에게도 구애하는 광폭행보다.

민주화, 산업화를 넘어서는 시대정신은 무엇이라 보나?

"올 1월 광주 5·18민주묘역 참배에 앞서 방명록 첫 줄에 '불공정 필망국(不公正必亡國)'이라 썼다. 공정하지 못한 나라, 사회 구성원에게 희생만 요구하는 나라는 망할 수밖에 없다. 돈 있고 힘 있는 집의 아들들은 기가 막히게 군대에 빠지고 가더라도 특혜받고, 자산가들은 탈세를 밥먹듯 하는 특권과 반칙, 불공정이 반복되는 나라를 누가 지키려 들겠나. 돈 있고 특권의식에 쌓여있는 사람들을 중심으로 사회가 운영되고 그들이 지도자가 되면 어느 국민이 국민 노릇을 하겠나. 어느 정부가 들어서든 누가 대통령이 되든 반드시 '불공정 필망국' 정신을 품고 가야한다고 생각한다."

보수층이 눈이 번쩍 뜨일만한 발언과 행보가 이어지고 있다.

"축구는 운동장을 넓게 써야 이긴다. 원래 포지션이 레프트윙이고 왼발잡이라고 왼쪽 공격만 하면 경기가 풀리나. 축구를 제일 멍청하게 하는 감독과 선수가 본인들이 잘한다고 생각하는 똑같은 전술만 구사하는 경우다. 다양한 전술과 선수를 기용해야 한다. 주 포지션이 왼쪽 측면 공격수인 손흥민은 왼쪽에만 있지 않는다. 중앙도 가고 오른쪽에서도 돌파한다. 손흥민은 오른발, 왼발 자유자재로 쓰는 양발잡이라 더 많은 성과를 내는 것 아닌가. 축구에서 성과는 골이고 정치에서 성과는 국민의 삶을 바꾸는 것이다. 그런 면에서 꾸준히 성과를 내왔다."

"내편만 보고 정치할 건가"

일각에서는 정체성이 변한 것 아니냐는 해석도 있다

"평등과 자유라는 가치 중에 평등을 더 우선해 자유를 구가하려고 하는 것이 좌파 학자와 정치인이 공동체를 바라보는 오래된 관점이다.

바로 그 관점이 박용진이 갖고 있는 자기 지향점이다. 또한 양극화와 사회적 갈등을 극복하고 가난하고 힘없고 배경 없는 사람들을 위해 정치가 더 분발해야 한다고 생각하는 것이 정치적 좌파의 지향인데 이것 역시 박용진이 생각하는 바다. 정치적 지향이 흔들린다고는 생각하지 않는다. 그러나 적어도 한 나라의 대통령이 되겠다고 하는 사람이 국민 통합과 진영 논리 극복을 생각하지 않고 말하면 되겠나. 내편만 보고 정치할 건가. 트럼프 같은 사람이 되겠다고 선언하겠다는 건가. 정치는 상대를 설득하는 일이다."

박용진이 보여줄 통합의 모습은 무엇인가?

"합의를 위해 정치시스템의 변화, 개헌이 필요하지만 그에 앞서 개인적으로 할 수 있는 범위 내에서 정치권과 합의하는 통합 행보를 보이겠다. 영국에서는 의회의 총리 질의 시간(PMQ, Prime Minister's Question Time)이 큰 관심을 모은다. 서로 비판하고 조롱도 하고 말실수도 잡아내는 등 난상토론이 벌어진다. 은퇴자들은 펍에서 맥주 마시면서 PMQ 시청을 즐긴다고 하더라."

국회의원들과 공개 토론을 하겠다는 말로 들린다

"대통령이 시정 연설을 위해서만 국회에 올 필요가 있나. 분기에 한 번 정도는 대통령이 직접 대정부 질문에 나서는 것도 좋다고 본다. 야당 의원들의 비판 공세가 있겠지만 그 자리에서 일대일 토론도 하는 모습을 국민들께 보여주는 것도 신선하지 않겠나."

역대 한국 대통령이 소통에 약하다는 지적은 늘 있어왔다

"젊은 정치인이 대통령이 되면 다르다는 모습을 보여주겠다. 넥타이 풀고 소매 걷어붙이고 젊은 기자들과 기자간담회도 하면서 현안 토론도 하고 생각하는 바를 자주 전달할 것이다. 아울러 미국처럼 대통령이 야당 주요 의원들을 1~2명씩 초청해 식사하면서 법안에 대해 설득하고 협조도 구할 것이다. 야당 주요 정치인들과 라면에 소주한잔 하면서 자주 만나는 게 중요하다. 그렇게 해야 국회가 존중된다. 기대해도 좋다. 젊은 정치인을 대통령으로 뽑아놨더니 똑같다는 소리를 들으면 되겠나. 정치문화를 확 바꿔나갈 것이다. 대통령과 정치인들이 소통하는 모습을 국민들에게 보여주기 위해서도, 개헌을 위해서도 팔소매 걷어붙이고 적극적으로 스킨십할 것이다."

지금 구조에서도 가능하지 않나?
"헌법을 바꾸지 않아도 할 수 있는 일이다."

문 대통령은 왜 안 할까?
"제가 아니니까(웃음). 저부터 깨겠다."

박 의원은 자신의 사상을 "먹고사니즘"이라고 칭한다. 민생을 최우선으로 생각하겠다는 의미다. "국내총생산(GDP)은 올라간다는데 국민의 삶은 더욱 팍팍해지고 있다. 민생을 해결하지 못해 정부와 민주당의 지지율이 떨어지는 것 아닌가. 국민이 바라는 것은 먹고 사는 문제를 해결하는 능력을 가진 지도자다."

"서울시장? 처음부터 선택지에 없었다"

민생 문제는 역대 정권의 숙제였다

"혁신이 없으면 사회는 앞으로 나아가지 못하고 성장하지 못한다. 결국 그 피해는 국민이 본다. 정치가 그 혁신을 이끌어 내야 한다. 시대흐름을 보면서 물꼬를 터줘야 한다는 얘기다. 박정희, 김대중 대통령은 그런 역할을 했다. 박정희 대통령은 온갖 반대에도 경부고속도로 건설을 밀어붙였다. 공사비가 430억원, 당시 국가 예산의 23.6%에 달했다. 10년 후 1978년, 경부고속도로는 산업화의 대동맥이 됐다.

김대중 대통령은 초고속 인터넷 고속도로를 깔기 위해 10년 동안 80조원을 투입하겠다고 발표한다. IMF 직후인 1998년 정부 예산이 70조2000억원에 불과할 때였다. 우리나라가 IT 강국, 5G 선도국가 등의 수식어가 붙을 수 있는 것은 DJ 덕분이다. 산업화, 정보화의 길이 그렇게 열렸다. 박수 받지 못했고 찬성 받지 못했지만 정치가 그런 길을 열어 내는 것이다. 그렇다면 지금의 정치가 어떤 고속도로를 깔 것인가. 저는 '혁신의 고속도로'를 깔아야 한다고 생각한다. 그것도 휘청할 만큼 예산을 투입해 정부가 전력을 다해야 한다고 본다."

혁신의 고속도로라면?

"막혀있는 것을 뚫는 게 고속도로 아닌가. 과감하게 규제를 뚫어야 한다. 대한민국에서 기업 활동을 하는 데에 3가지 규제가 존재한다. 대기업에 의한 독점적 규제, 관료들의 도장 규제, 기존 주류 사업자들의 진입 장벽 규제다. 이 규제를 다 뚫어줘야 한다."

자세히 설명해 달라

"대기업이 멋대로 중소, 하청기업들을 쥐어짜면 안 된다. 문짝도 똑같이 찍어내라고 하는 현대차 때문에 문짝 만드는 회사는 현대차만 바라보고 기술 혁신도 안한다. 자재 구매 과장에게 잘 보이고 골프 접대하면 만사형통인데 왜 노력을 하겠나. 전속 거래 계약으로 다른 자동차 메이커와 거래도 못하지 않나. 이런 걸 바꿔줘야 한다. 제가 공정거래법을 강화를 얘기하는 이유다.

진입장벽 규제의 경우 특정 업계에 새로운 것을 시도하려 하면 기존 주류사업자들의 대표단체가 못하게 막는다. 시장에서는 다양한 혁신이 벌어지고 있고, 젊은 사람들이 도전하고 있다. 그들을 독려하고 자리 잡을 수 있는 구조를 만드는 것이 중요하다."

박 의원은 의정 활동을 하면서 대기업 문제를 집요하게 파고들어왔다. 최근에는 원망의 소리도 들었다고 한다. "얼마 전 현대차를 방문했더니 노조위원장이 '당기 순이익이 1조 8,000억원인데 박용진 때문에 성과급이 하나도 없다'고 말씀하시더라. 제가 지

257

속적으로 문제 제기한 리콜 관련 충당금 3조 4,000억원을 마련하려 성과급이 없다고 하더라. 그 분들께는 죄송하지만 국회에서 질의하고 국토부 장관을 달달 볶았기에 꿈쩍도 안하던 현대차가 국민의 안전을 위해서 기업의 역할을 하게 됐다는 점을 알아주셨으면 한다."

박 의원을 반기업적으로 보는 시선도 있다

"탈법, 불법만 저지르지 않으면 문제삼을 생각이 전혀 없다. 대기업은 오히려 해외에서 경쟁하도록 유도하는 게 맞다. 10년 전 시가총액 상위 30위 기업과 지금을 비교해보면 금융주나 세습 계열사가 사라지고 셀트리온, 넷마블, 엔씨소프트 등이 들어가 있다. 혁신 창업을 이끌어가고 있는 기업이 더 많아져야 한다. 세계적으로 인정받는 삼성전자 같은 기업을 5~10개 더 만들어야 한다."

서울시장 재보궐 선거는 고려하지 않았나?

"애초 선택지에 없었다. 차기 대선 출마를 놓고 체급을 올리려는 것 아니냐는 얘기도 있다. 오히려 체급을 올리려면 서울시장 선거에 나갔어야 하는 거 아닌가. 바꾸고 싶은 세상의 그림이 완성됐고 용기를 낼 수 있으면 당연히 실행해야 한다고 생각한다. 그리고 오래 전부터 세상의 변화 속도보다 정치가 뒤처지고 끌려 다닌다는 생각을 해왔다. 과거에는 아끼면 잘 살고 노력하면 된다는 희망이 있었다. 하지만 지금 젊은 사람들에게 내 집, 내 차를 마련할 수 있다는 희망이 없다. 이 사람들을 위해 정치가 무슨 답을 갖고 있나. 더구나 곳곳에 불공정이 자리 잡고 있다. 지금 상황이 이런데 국회의원 한두 번 더하고 장관하는 것이 중요한가."

"균형감각, 비전, 경영능력 다 준비 돼 있다"

민주당의 정권 재창출이 가능할 거라 보나?
"지금은 어려워 보이지만 가능성이 높다고 본다. 어떤 정치 세력이 국민들에게 호응하고 변화하느냐의 문제다. 국민들의 요구에 즉각적으로 호응하는 반응 속도를 보면 여전히 민주당이 낫다. 그런 면에서 우리가 야당보다 더 혁신하고 변화하는 모습을 보여드리는 것을 전제로 한다면 가능성이 높다고 본다."

박 의원은 이미 자신만의 출정식을 마쳤다. 그는 "얼마 전 전북 고창의 선운사 도솔암 마애불 앞에서 '세상을 바꾸게 해달라'고 빌었다"고 말했다. 그가 이 곳을 찾은 이유는 수감 시절 송기숙 교수의 장편소설 [녹두장군]에서 읽은 한 전설 때문이었다. 선운사 도솔암 마애불 가슴 아래에는 복장이 있다. 복장은 불상을 만들 때 금은보화나 서책을 넣는 곳을 말한다.

전설에 따르면 선운사를 세운 검단선사가 이 복장 안에 비기(秘

259

記)를 보관했는데 이 비기가 알려지는 날 세상이 뒤집힌다는 얘기가 들어있다고 한다. 이를 알고 있던 동학 접주 손화중이 동학운동 직전 비기를 꺼내갔다는 얘기가 있다. 박 의원은 "동학 지도자가 세상을 바꿀 수 있다는 비기를 우리 품으로 왔다는 생각을 들게 해 농민군의 기세를 끌어올렸던 것"이라며 "가렴주구에 힘겹게 살아가던 백성들이 도솔암까지 올라와서 신비로운 이야기에 기대서 세상이 바뀌기를 바라는 마음이 느껴져서 가련했다"고 말한다.

그는 본격적으로 대선 행보를 보이기 전에 잠곡 김육 선생을 기린 '대동법시행기념비'에 갈 계획이라고 밝혔다. 대동법시행기념비는 효종 10년에 김육이 충청감사로 있을 때 충청도·전라도·경상도에 대동법(大同法)을 실시하면서 백성들의 조세 부담을 줄여준 공로를 기념하기 위해 세 지역으로 통하는 길목에 설치한 비석이다.

왜 김육 선생의 기념비인가?

"김육 선생은 대동법을 전국으로 확대한 인물이다. 지금으로 치면 조선의 경제민주화 법이다. 공납을 폐지하고 대동법을 확대하는 과정은 기득권 세력과의 투쟁이었다. 논리로 당해내지 못하니까 당시 대토지 소유에 기반한 노론과 같은 계파들이 그 법이 정의롭고 공정하다는 말씀은 옳으나 현실적으로 무리가 있다는 식으로 상소를 올린다. 지금과 무엇이 다른가. 공정경제법이나 경제민주화를 얘기할 때 반대 측에서 하는 얘기가 '현실적으로는 맞지 않다'

는 식이다. 예나 지금이나 제도 하나 바꾸는데 이렇게 힘이 든다. 정치인들은 김육 선생의 충정을 갖고 있어야 한다고 생각한다."

대선 레이스에 자신 있나?

"가슴에 불덩이를 품고 있다. 아마 학생 운동 시절부터 세상을 바꿔야 한다는 불덩이가 있었던 것 같다. 그동안 세상을 바꾸기 위해 짱돌을 들고, 데모를 하고, 당을 만들어 출마도 했다. 그 뜨거운 에너지를 잃지 않은 채 냉정하게 세상을 변화시켜 왔다. 막스 베버가 좋은 정치인의 덕목으로 꼽은 균형감각, 프랑수아 미테랑 프랑스 대통령의 수석 경제고문 자크 아탈리가 말한 비전과 경영능력, 이 3가지에 대해 박용진은 준비돼 있다고 자신 있게 말씀 드릴 수 있다. 자질을 갖춘 박용진에겐 세상을 바꾸고자 하는 불덩이가 있고 국민들에겐 변화에 대한 간절함이 있다. 지켜봐 달라."

"여당, 몽둥이로 맞은 것…
재집권하려면 무조건 민심 따라야"

한겨레 2021년 4월 16일 글_송채경화 기자

"맞고 나서 생각해보니 훈육을 위해서 치는 회초리가 아니라 화가 나서 때리는 몽둥이 찜질이었다. 야당 때는 그렇게 도덕적·정치적으로 정밀한 잣대를 들이대더니 정부 여당이 되고 나서는 자기들에게는 봄기운처럼, 남한테는 추상같이 대한다는 느낌을 받은 국민들이 대실망한 거다."

지난 14일 국회 의원회관에서 만난 박용진 더불어민주당 의원은 얼얼한 표정을 지으며 이렇게 말했다. 1년 만에 무섭게 변한 민심을 절감했기에 그는 "엄청난 태도 변화가 필요"하다고 했다. 재보선 직후 터져나온 2030 초선 의원들의 반성문은 그 변화의 신호탄이었기에 박 의원은 "비난과 질책을 각오한 용기에 경의를 표한다"며 그들의 의견에 힘을 실었다.

재보선 참패에서 비롯된 반성·쇄신론에 강성 당원들은 반발하고 있지만, 박

의원은 집권을 목표로 한다면 "국민상식과 눈높이가 우리의 기준이어야 한다"고 했고 "당심과 민심이 틀어지는 구조라면 이를 바꿔야 한다"고 강조했다. 2030 초선 의원들을 향한 강성 지지자들의 '문자 폭탄'에는 "상대방의 생각을 바꾸거나 내 의견을 전달하는 게 아니라 상대의 입을 막기 위한 것이라면 당장 관둬야 한다"고 했다. 재보선 패인으로 거론되는 '조국 사태'에 대해서는 "야당 시절에 공직자들의 행동거지와 관련해 민주당이 중심이 돼 기준을 세웠던 일들"이라며 "국민들의 '내로남불' 비판에 대해 뼈아프게 돌아봐야 한다"고 지적했다. 박 의원은 1시간 동안 진행된 〈한겨레〉와의 인터뷰에서 재보선 평가와 향후 민주당 쇄신 방향 등에 대해 본인의 소신을 거침없이 드러냈다.

"조국 전 장관을 지키는 일이 왜 검찰개혁인가"

서울시장 보궐선거에서 참패했다. 기분이 어땠나

"이게 어느 정도의 패배냐… 우리는 회초리인 줄 알았는데 거의 몽둥이로 맞은 거다. 이렇게 서울에서 5개 동을 제외하고 다 질 수 있나. 거의 전무후무한 일이다. 국회의원 선거였으면 다 떨어졌다는 얘기다. 돌이켜 생각해보면 국민들의 엄청난 실망·배신감·분노가 있었다. 훈육을 위해서 치는 회초리가 아니라 화가 나서 때리는 몽둥이 찜질이라는 느낌이다. 맞고 나서 생각해보니 그렇다. 정말 엄청난 태도 변화가 필요한 거다. 그런데 우리가 지금 그러고 있나. 사실 국민의힘도 2017년 대선 지고 나서 계속 헤맸다. 말로는 반성한다고 했지만 같은 세력, 같은 인물, 같은 구도, 똑같은 주장, '박근혜도 불쌍하다'고 계속 주장하면서 지금까지 왔던 거다. 그런데 우리가 엄청난 패배를 얻은 뒤에 같은 인물로 같은 세력으로 똑같은 주장으로 입으로만 반성한다고 하는 거면, 진짜 큰일이다. 지난번에 깎았던 뼈 어디 갔냐 해서 뼈를 또 깎고 하는 건, 국민들이 동의 안 할 것 같다. 이것이 새로운 투표 성향의 시작이라고 생각하면 끔찍한 일이다."

가장 주요한 패인은 무엇인가

"집권여당에 대한 심판이니까 민생 무능에 대한 철저한 심판이라고 본다. 민생 무능에 대한 분노, 내로남불에 대한 실망 이런 부분들이다. 정치인들이나 정당이 실수할 수도 있는데 그럴 때마다 우리가 이전에 보여줬던 것과 다른 기준, 다른 잣대 그야말로 내로남불, 위선이니까. 야당 때는 그렇게 도덕적·정치적으로 정밀한 잣대를 들이대더니 정부 여당이 되고 나서는 그런 면에서 자기들에게는 봄기운처럼 하고 남한테는 추상같이 대하고. 이런 느낌을 받으면서 국민들이 대실망한 거다."

초·재선에서 3선까지 쇄신을 논의했지만, 구체적인 대안은 찾기 힘들다는 비판이 나온다

"있는 대로 다 얘기가 나와야 할 거 아닌가. 길거리에서 무슨 얘기 들었는지까지. 그래서 제가 2030 초선 5명의 의견 표명을 '용기 있는 행동'이라고 한 거다. 솔직히 말하면 재선·3선 입장문 등 최종 논의 결과 보면, 착한 모범생의 일기다. '오늘은 엄마의 말을 잘 듣지 못했다. 내일부턴 잘 들어야겠다' 이 수준이다. 뭘 잘못했는지를 분명히 해야 한다. 지금 우린 넘어진 자리를 딛고 일어서야 할 손으로 계속 남탓을 한다. '언론 탓이야, 검찰 탓이야, 야당 탓이야, 거짓말 탓이야.' 이렇게 얘기하면 영원히 못 일어나고 땅바닥에 엎어져 있는 거다. 구체적으로 얘기했어야 한다."

이른바 '조국 사태'에 대한 평가 등에 대해서도 당내 의견이 갈리면서 갈등을 빚고 있다

"민주당에서 조국이란 단어는 금기어인가? 아니다. 박근혜 대통령 탄핵 이후에 한국 사회에서 가장 뜨거웠던 이슈였다. 다만 초선 의원들이 다른 여러 사안도 짚었는데 조국 전 장관 이름을 넣었나 안 넣었나로 논란이 되면 제한된 반성이 되기 때문에 이렇게 가면 안 된다. (초선 의원들이 당을) 진짜 사랑하니까 (조국 사태도 반성 해야 한다고) 그렇게 얘기를 하는 거다. 좋아하고 사랑하니 그렇게 얘기하지, 뭐 좋은 게 있다고 남 싫은 얘기를 하겠나. 표현의 자유라는 것은 내가 하고 싶은 말을 하는 게 아니라 내가 듣기 싫은 소리를 할 수 있게 하는 것이다. 그게 당에서 없어지면 큰일이다. 제한 없는 토론이 필요하다."

지금도 당내 평가가 엇갈리고 있는 '조국 사태'를 어떻게 보고 있나

"'대한민국의 공직자는 어떠해야 하는가'라는 문제로 바라봤을 때 안타까운 일들이 많았다. 조국 전 장관 관련 문제 제기들은 사실은 우리가 야당 시절에 공직자 청문회에서 혹은 공직자들의 행동거지와 관련해 기준을 세웠던 일들이었다. 민주당이 중심이 돼 기준을 세웠던 부분이었다. 그런데 이걸로 국민들이 '내로남불하는 거 아니야? 자기편에 대해서만?'이라고 하는 걸 뼈아프게 돌아봐야 한다.

그리고 조국 전 장관을 지키는 일이 왜 검찰개혁인가. 윤석열 검찰총장을 공격하는 일이 왜 검찰개혁인가. 국민들께서는 납득을 못 하는 거다. 제도를 바꿔 국민 인권을 지키고 검찰의 무분별한 권력 남용을 막아내고, 자의적 수사 막아내겠다는 거 아닌가. 그걸 하면 되는 거 아닌가. 그런데 조국 전 장관에 제기된 여러 공직자의 기준과 잣대, 이런 문제들을 다 '아니다, 잘못 알고 있다, 오해다' 이렇게 얘기하는 걸로 왜 시간을 우리가 보내야 했는지. 국민들은 검찰개혁이라는 방향은 동의했다. 의원들도 동의하고. 개인의 문제, 사람의 문제로 갇히게 되면서 많은 문제가 발생했다고 본다."

"소통 막는 '문자 폭탄'··· 욕 먹더라도 할 말 해야"

최근 2030 초선의원들의 반성에 대한 일부 강성 지지자들의 '문자 폭탄' 행위를 어떻게 보나?

"소통의 방식이 틀렸다. 처음에 당원들의 문자나 댓글 등도 의견 표현의 방식이라고 생각했다. 그런데 돌이켜 보면 이런 권리당원들, 적극적 지지층, 당원들의 문자나 댓글이 사실은 일방적인 얘기로 끝나버린다. 소통이 안 되는 거다. 다양한 의견의 표출이나 공론장을 형성하는 데 있어서 역할을 하지 못했다는 평가를 분명히 해야 한다. 정치인들이 사실 그런 눈치를 보고 댓글을 보고 사안을 판단하면 안 된다. 그럼 점점 더 센 주장, 점점 더 날선 주장들만 당내부에서 커질 수밖에 없다. 정치인들이 용기를 내서 욕을 좀 먹고 문자 폭탄 받아도 할 말 하고 할 일 하고 그래야 한다. 지금부터라도 용기있게 얘기해야 한다."

조응천 의원은 '문자 폭탄 자제'를 당이 요구해야 한다고 했다

"2030 초선 5인의 용기에 대해서 경의를 표한다고 했을 때 나도 그들에게 '그러지 말라'고 한 거다. 그리고 문자 보내시는 분들과 대화도 하고 싶다. 어떨 때는 그분들이 왜곡된 정보 가지고 문자를 보내기도 한다. 나도 지난 5년 내내 문자 많이 받은 사람 중의 하나다. 문자를 받는다고 박용진이 달라지진 않는다. 그러나 굉장히 화날 때가 있었다. 일방적 욕설, 동의되지 않는 잘못된 정보를 기반으로 한 문자 이런 것들. 다시 말씀드리는데 이게 의사를 전달하는 방식일 수 있는데 별로 효과적이지 않다. 상대방의 생각을 바꾸게 하거나 내 의견을 전달하는 게 아니라 상대 입을 막기 위한 것을 위해서 하는 것이라면 당장 관두셔야 한다. 우리가 만들려고 하는 민주 사회와 민주 정당은 그런 게 아니다. 박용진에 대해 동의하지 않으면 여러 방법 있을 수 있다. 그분들이 모인 커뮤니티에 초청해서 오라고 하는 거다. 국민들과 당원들이 정치인에게 모진 소리 하고 비판하겠다는데 들어야죠. 최소한의 것을 찾을 수 있도록 해야 한다. 문재인 정부 성공, 그리고 정권 재창출이라는 목표가 같다면 서로 교감하고 소통하고 대화를 나눌 수 있는 공간을 만들자고 제안하고 싶다."

이번 선거 결과를 '당심'과 '민심'의 괴리로 보는 시각이 지배적이다. 이를 어떻게 극복해야 하나

"선거 결과는 민주당의 책임이고 더 좁히면 지도부의 책임이다. 당심과 민심의 괴리로 보긴 그렇다. 다만, 당심과 민심이 같이 가기 위한 여러가지가 있다. 당원들로서는 속상하고 억울하고 부족한 부분이 있더라도 국민들이 원하는 대로 따르는 것이 맞다고 본다. 전제가 뭐냐면 집권을 포기하지 않는다는 것이다. 민주당이 대한민국의 중심정당이고 책임 정당이다. 4·19 혁명 이후 어수선한 상황, 외환위기 그 힘들었던 상황, 박근혜 국정농단 탄핵 이후 혼란했던 상황에 민주당이 국민과 함께 대한민국의 중심정당으로 책임져왔다는 걸 자랑스럽게 생각한다면 지금도 그래야 한다고 생각한다. 집권여당인 상황에 국민의 뜻을 잘 받들고 앞으로 미래를 향해 나가야 한다고 생각한다면, 저는 무조건 민심이 우리 한가운데, 국민 상식과 눈높이가 우리의 기준이어야 한다고 생각한다. 그건 손댈 수 없는 원칙이라고 생각한다. 당심과 민심이 구조적으로 틀어지게 만드는 구조가 있다면 그건 무조건 바꿔야 한다."

"당대표? 인물이 그대로면 주장이라도 달라져야"

원내대표 경선도 있고 5·2 전당대회에서 당대표와 최고위원을 함께 선출한다. 이번에도 '친문 지도부'가 등장할 가능성이 크다고 보나
"우리가 살려면 역동성을 보여주는 방법밖에 없다. 오늘도 재선 의원 몇몇 모여서 얘기 나누고 서로가 듣고 있는 정보를 공유해서 보면 꿈틀꿈틀한다. 뻔한 결과가 나오지 않길 바라고 있다. 구체적인 선거가 진행되고 있으니 특정 인물을 말하지 않겠다. 뻔한 인물, 뻔한 구도(로 가면) 뻔한 패배다. 원내대표 선거나 당대표 선거에서 국민들이 갖는 기대가 있을 거다. 의원들끼리 만나서 들어보면 공감하고 모아지고 있는 흐름은 있는 것 같다."

이번 전당대회에서 일반당원과 국민의 투표 반영 비율(현행 15%)을 늘려야 한다는 의견에 대해선 어떻게 생각하나?
"이번 전당대회 때는 어려울 수 있지만 정치적 합의가 이뤄진다면 그 방향으로 가는 건 맞다고 본다. 우리가 '당직은 당원이 (뽑고)

공직은 국민이 (뽑는다)'가 원칙이었다. 이 안에서의 당원의 (의견이) 너무 많으면, 일반 국민들 의견이 잘 반영되지 않으면 그 지도부가 너무 당내 정치로만 의견이 기울게 되면 국민들 바라보는 정치가 어렵지 않겠느냐는 우려에 대해서는 공감한다. 이건 합의되면 조정할 수 있는 일이라고 생각한다."

"민주당과 당원들에 대한 무한한 신뢰가 있다. 변화를 만들어낸다. 일부 계파, 일부의 세력이 좌지우지 못할 거라고 본다. 김대중 대통령과 노무현 대통령이라는 비주류 인사를 대통령 후보로 만들고 대통령으로 만들고 성공하게 만드는 과정에 우리 당원들의 열정, 상식, 미래에 대한 낙관, 적극적인 참여가 있었다고 본다. 지난번 서울·부산시장 후보 내자고 할 때 권리당원 중 23%밖에 투표 안 했다. 나머지 4분의 3의 당원들을 움직여야 한다. 더 적극적으로 참여하게 하고. '저 사람이랑 같이 하면 당이 변하겠네' 일부의 몇몇 목소리 큰 세력의 의견만 반영되는 게 아니라 상식적인 목소리가 반영될 수 있겠구나 하는 걸 열어줘야 한다. 그걸 만들어내는 게 정치 지도자의 역할이다."

어떤 능력을 가진 사람이 당대표가 돼야 하나

"뻔한 인물로는 뻔한 구도와 목소리밖에 나오지 않을 거라는 게 제 생각이다. (당권주자인 송영길·우원식·홍영표) 세 분 다 내온 목소리가 있다. 이분들이 지난해 이낙연 대표가 나오는 바람에 불출

271

마해서 상당히 오랜 기간 얘기해왔다. 그런데 민주당으로서는 지금 비상상황이다. 회초리 아니고 몽둥이 맞았는데 똑같이 얘기할 수는 없다. 적어도 인물이 그대로면 목소리라도 주장이라도 달라지길 바란다. 가장 달라지려고, 적극적으로 책임지려고 하는 사람을 밀어줄 거다."

당의 쇄신은 어떤 방향으로 가야 하나

"민주당이 뭘 얘기한다고 한들 국민들이 귀담아들으실 것 같지는 않다. 정말 간절하게 새로운 인물과 함께 새로운 노선, 전면적인 변화를 주창하는 게 필요하다. 정치에서 100마디 말이 무슨 의미가 있나. 인물로 표현하는 거지. 그리고 그 인물이 무슨 주장하느냐가 중요하다. 토니 블레어가 아닌 노동당 8선 정도 되는 사람이 '제3의 길' 얘기했다고 생각해보라. 재미없다. 전혀 아닌 거다. 새로운 가치를 담을 만한 인물이 있어야 한다. 다른 사람들이 다 잠자고 있을 때 깨어 있었던 인물, 변화에 대해서 얘기하고 외롭고 손해 보더라도 그 부분에 대해서 지적해오고 준비해왔던 사람들이 있는 것이다. 그렇게 나와줘야 한다고 생각한다. 시간이 별로 없다."

최근 민주당에서 벌어지고 있는 일들 가운데 가장 잘 한 건 뭔가

"지금 우리가 가장 잘하고 있는 일? 어려운데…(웃음) 최근 우리 민주당에서 가장 잘한 일은 2030 초선 5명이 낸 입장문이다. 패배

이후에 민주당이 '어디서 넘어졌다는 걸 알고 있구나'라고 국민에 말씀드린 첫번째라고 생각한다. 그래서 제가 경의를 표했고 '(비판할 게 있으면) 저한테 문자 보내시라'고 한 거다. 전 이 사람들 편이라고. 100% 동의하고. 민주당 안에 이런 사람 많다. 천만다행으로 재선 모임 전체에서 공감한다고 했다."

잘못한 일은?

"부동산 등 민생문제와 관련해서 너무 우리가 일방적으로 했다. 시장에서의 반응, 국민이 느끼는 정책 변화에 있어서의 체감, 온도를 제대로 예측하지 못한 채로 해서, 이번 선거에서 그 부분에 대한 비판과 질책도 상당히 담겨 있다고 본다. 국회 운영, 그리고 법 개정이라는 제도 개선의 문제에서 면밀히 좀 짚었어야 하는데. 야당이 도와주거나 대응하지 않거나 법안 심사 자체를 아예 거부하고 있었으니까 일방적으로 처리할 수 있다고 본다. 그럴 때 국민들은 '180석 줬으니 책임 있게 해라' 이러는 거다. 그 '책임 있게'가 중요하다. 부작용, 문제점, 시장에서의 역반응 이런 것까지 다 점검하는 게 '책임 있게'다. 일방적으로 밀고 갈 수는 있으나 그 '책임 있게' 하는 게 사실은 능력을 보여주는 거다."

273

"세상 바꿀 정책으로 대선판 뒤집겠다"

중부일보 2021년 8월 4일 글_라다솜 기자

"진열대에 있는 상품 중 소비자의 눈길을 잡아 끄는 것은 결국 신상품이고, 판을 뒤집을 주인공은 '신상품' 박용진이다. 본경선 과정에서 흐름을 바꾸는 모습을 보여드리겠다." 세상을 바꾸고 싶다고 결심한 스물 한 살 청년은 30년 후 대통령이 되기 위해 출사표를 던졌다. 박용진 더불어민주당 대선 경선 후보는 "2년 넘게 대통령을 준비했다"며 경제 활성화 방안, 지방자치분권 등 청사진을 제시하고 국민자산 5억원 성공시대를 열겠다고 약속했다. 떡잎투자전략·부동산정책 등 국민이 모두가 함께 잘 살 수 있는 대한민국을 그리는 박 후보는 '새로움'을 자신의 강점으로 내세웠다. 본경선 토론을 통해 국민들에게 '박용진은 뭔가 다르다'는 인상을 심어주고 신뢰를 얻어 '경선판'을 뒤집겠다는 자신감을 내비쳤다. 다음은 박용진 후보와의 일문일답.

대권 출마를 결심하게 된 계기는

"정치를 처음 시작할 때 각오했던 것이다. 21살에 정치시작했는데 그때 1992년 대통령선거가 있었다. 친구들과 대통령선거를 준비하면서 '세상을 바꾸고 싶다', '달라져야 한다'는 것을 느꼈다. 국회의원이 정당을 만들고 참여하는 모든 것이 세상을 바꿔보려고 하는 과정이다. 일하는 사람들에게 좋은 세상을 만들어주기 위해 노력하는, 노력의 정치가 목표다. 그것을 제대로 해보려면 대통령이라고 하는 권한, 책임을 갖는 것이 필요하다고 생각했고, 2년 넘게 대통령을 준비하고 출마했다."

대통령은 왜 박용진이어야 하는가

"박용진이 미래이기 때문이다. 세상이 빛의 속도로 변하고 있다. 대한민국은 더 빨리 변화하고 있지만, 국민들은 오히려 정치가 변화의 발목을 잡는다고 생각한다. 민주당이 미래를 책임질 수 있냐는 질문에 '박용진이 할 수 있다'고 자신있게 얘기할 수 있다. '바이미식스' 대통령이 되려고 한다. 바이오·헬스, 2차전지, 미래차, 6G의 4개 분야의 약자를 줄여 바이미식스라고 표현한다. 미래 대한민국이 먹고 사는 문제, 그리고 국민들의 일자리, 국민들이 가지고 있는 열정과 에너지를 담아내는 대통령이 되겠다."

최근 양경제 등 정책공약 발표했는데

"수도가 2개, 서울이 2개, 두 개의 수도 전략이 바로 양경제다.

서울은 서울로서의 수도, 세종은 세종으로서의 완벽한 헌법적 지위를 부여받는 수도의 역할을 하고, 그렇게 하면서 지방 분권의 강화 등 기능을 충분히 감당할 수 있을 것으로 본다. 여기에 재정 권한, 입법 권한, 교육 권한 등의 행정 권한을 과감하게 지방 정부에 이전하는 것이 지방자치, 지방정권의 핵심이라고 본다. 그리고 2차 공공기관의 지방 이전을 적극적으로 추진해야 한다."

경제 활성화 방안은

"동시 감세, 규제 혁신, 정부 정책 지원이라는 삼각형 모양대로 공격적 경제성장 전략을 뒷받침할 것이다. 또 국부펀드의 전략을 통해 나라와 국민 모두 부자로, 국민자산 5억 성공시대를 열겠다는 것이다. 이 국부펀드의 투자전략 중 하나가 떡잎투자전략이다. 떡잎투자전략을 통해서 단순히 국민의 돈만, 나랏돈만 부자로 만드는 것이 아니라 우리 국민들 부자로 만들어주고, 기업도 성장시키는 이런 일도 해나가겠다는 것이다. 박용진은 공격적 경제 성장 전략과 국부펀드, 이렇게 두 개의 축으로 경제 성장을 해나갈 것이다."

부동산 문제 해결에 대해

"제일 아픈 손가락이다. 국민의 고통이다. 저는 늘 얘기하는데 대한민국 정부가 보수든 진보든 간에 강남 3구 아파트값에만 치중해서는 안 된다고 본다. 박용진의 든든주거 정책은 3가지로 이뤄진다. 하나는 충분한 공급정책, 또 하나는 전세수요를 흡수하기 위한 가치 성장 주택 모델, 또 하나는 주거 약자들을 위한 임대지원 정책 3가지다. 박용진의 경제 정책, 국부펀드 정책, 주거정책 중에서 제일 눈에 띄는 정책은 일하는 사람의 혜택이 더 크다는 것이다. 노동하는 사람의 혜택이 더 큰 것. 그것이 중요한 포인트다. 우리 국민이 모두가 다 같이 일하고, 모두가 자신의 노동과 노력이 보상받고 박수받을 수 있는 그런 사회를 만들겠다는 것이다. 그래서 경제성장정책을 그렇게 일반화하겠다는 것이다."

경인지역 현안에 대한 입장이 있다면

"일단 교통문제는 기존에 있는 수도권 철도를 경기도로 추가 연장하고, 경인고속도로의 지하화라든지 혹은 경인고속도로는 통행료를 면제하는 것이 지역 주민에게 상당히 강력하게 (좋지 않을까). 매일매일 그 쪽으로 출퇴근 해야 하는데, 부담이 만만치 않을 것이라고 생각한다. 그리고 지하철 연장과 광역 교통 구축뿐만 아니라, 강력한 교통망 구축 체계 개선을 통해 교통 불편을 없애야 한다고 생각한다. 지금도 교통 지역은 서울로 출퇴근하는 경기도민과 인천 시민들이 여전히 지옥이다. 너무 오랜 시간을 길거리에서 허비해야 하는 것이 있다. 도시 전체가 리모델링 되어야 하지만, 그럼에도 불구하고 당장의 교통 문제를 해결하기 위한 강력한 조치가 필요하다고 당연히 말씀 드린다. 그리고 지금 경기도 같은 경우는 주로 남부축 중심으로 많이 발전이 되어있고, 여기에 주요한 국가기관이라든지 문화 시설이라든지 허브들이 와있는데, 경기 북부지역, 접경 지역에 대한 개발에 대해 적극적으로 나서야 한다고 생각하고 있다."

경인지역의 지지율을 끌어올 수 있을 만한 계획이 있다면

"서울과 수도권은 사실 같이 움직이기 때문에 박용진이 미래다, 젊은 정치인이 다르게 생각한다, 박용진이 스스로 발상전환 정치를 한다더니 그런 모습을 보이는구나 하는 그런 모습과 신뢰를 이번 본 경선 과정, 특히 방송 토론을 통해서 명확하게 보여드리려고 한다. 판을 뒤집을 주인공은 박용진이다. 지금 우리 국민들의 심정은 4번의 방송 토론을 보니까 "오 쟤 누구야, 좀 다르다"라고 생각할 것이다. 진열대 나와있는 상품들 중에 소비자가 보면 옛날에 이미 출시됐던 것을 기성품을 먼저 만지작하다가 신상품이 나오면 그곳에 눈길을 준다. 눈길이 가는 신상품이 박용진이고, 오래된 구상품이 앞에 진열돼 있을 뿐이다. 진열대 뒤쪽에 있기 때문에 손길이 나중에 올 것이라고 보는데, 본경선 과정에서 손길이 올 것이고, 제가 자신있게 판을 뒤집는 모습을 보여드리겠다."

"내 정치철학은 '먹고사니즘'…
국민 밥 짓는 솥단지 만들 것"

문화일보 2021년 8월 26일 글_조성진 정치부 차장

더불어민주당 대선 주자인 박용진 의원은 "이재명 후보는 솥단지 바닥에 붙은 것까지 박박 긁어서 나눠주겠다는 의지를 보이고 있고, 이낙연 후보는 솥단지를 만드는 데 아무런 관심이 없는 것 같다"고 두 후보를 싸잡아 비판했다. 박 의원은 "대통령 역할은 경제의 공정성과 경제성장이라는 두 축을 다 바라보는 총감독"이라며 "박용진의 정치철학은 '먹고사니즘'"이라고 강조했다. 박 의원은 윤석열 전 검찰총장과 최재형 전 감사원장을 향해 "자기 분야에서 다소 성과를 냈다고 해서 느닷없이 국가 지도자로서 자격을 얻었다고 생각하는 건 착각"이라고 비판했다. 인터뷰는 지난 20일 대면 인터뷰 이후 전화 등을 통해 내용을 추가했다.

민주당 경선이 활기가 없다는 지적이 나온다.

"이른바 '명·낙 대전'이 벌어지면서 분위기가 안 좋다. 경선 전반이 활기를 잃었다. 네거티브가 아니라 대한민국 미래, 먹고사는 문제 등 국민이 궁금해하는 부분을 두고 서로 차별성을 찾아야 하는데 안 돼서 아쉽다. 캠프 간 이전투구에 정책이고 뭐고 다 사라지고 있다. 1등과 2등은 서로 뜨거운데 3등한테는 죽을 맛이다. 1차 국민선거인단 투표를 전후로 구도에 변화가 오리라고 본다."

민주당 지지층에서 지지율이 낮다.

"거꾸로 보면 중도확장성이 높고 본선 경쟁력이 좋은 것이다. 대통령선거는 2~3%의 아주 작은 차이로 승부가 난다. 누가 중도 표를 가져오는가가 승부처다. 경선에서 이재명을 이길 건지는 장담할 수 없지만, 민주당 후보가 되면 본선 승리는 장담한다. 우리 지지자도 이길 수 있는 후보를 택할 거라고 본다."

이재명 경기지사는 '요란하다'고, 이낙연 전 대표는 '무능하다'고 평가했다.

"국부펀드, 소득세·법인세 동시 감세, 공격적 경제성장 전략, '바이미식스'(바이오, 2·3차 전지, 미래차, 6G) 등을 통해 국민이 먹고 살 밥을 짓는 솥단지를 만들려고 한다. 이재명 후보는 솥단지 바닥에 붙은 것까지 박박 긁어서 나눠줘 버리고 말겠다는 의지를 보이고 있다. 실질적으로 무엇인가 만들기보다는 말부터 앞서서 요란

하다고 평가했다. 이낙연 후보는 솥단지를 만드는 데 아무런 관심도 없는 것 같다."

'솥단지'는 김대중 전 대통령의 정보기술(IT) 투자에서 영감을 받았나

"1년 예산이 70조 6,000억원이었던 나라가 10년간 80조원을 투자해 초고속 인터넷 고속도로를 깔겠다고 할 때 다들 비판했다. '애들 스타크래프트 하라고 그러는가'라는 비난을 받았다. 현재 보면 시가총액 20위 안에 든 기업 중에 네이버, 카카오, 넷마블, NC소프트 등이 들어와 있다. 새로운 기업, 가능성을 통해 먹고사는 문제를 풀어야 한다."

민주당은 먹고사는 문제를 등한시하고 있다는 건가

"지금 경선은 세금을 많이 걷어서 누가 더 잘 나눠주느냐를 겨루는 대회가 되고 있다. 낡은 진보의 전략에 갇혀 있다. 무상급식, 보편복지 등 재정을 동원하는 게 우리 사회에 맞았던 때가 있었다. 민주당이 10년 전에 전환을 이뤄냈다. 당시는 그게 진보였다. 그런데 똑같은 방법으로 10년을 왔다. 10년에 대한 평가와 변화가 있어야 한다. 이 지사의 기본소득 공약만 봐도 임기 동안 얼마 쓰는지 계산하면 120조원이다. 어떻게 마련할지 답이 없다."

그럼 박 의원이 제시한 답은 무엇이냐

"1990년대 중·후반 신자유주의에 대항해 토니 블레어와 게르하

르트 슈뢰더가 내놓은 게 동시감세다. 증세와 감세는 경제정책의 하나이지 진영 논리로 취급하면 안 된다. 시대의 상황을 반영해서 새로운 전략을 만드는 게 진보다. 진보라고 경제 문제에 무능해도 되는가. 86세대 정치인이 먹고사는 문제, 경제, 산업발전 등에 이렇다 할 실력을 못 보여줘서 무능하다고 비판받는 것 아니겠나. 박용진의 정치철학이 뭐냐고 묻는다면 '먹고사니즘'이다."

동시 감세 정책은 어떤 내용인가

"코로나19 시기의 새로운 경제 활력을 만들어야 한다. 법인세 명목세율을 낮춰서 기업이 글로벌 경쟁에서 이기도록 해야 한다. 그동안은 세액공제 제도를 중심으로 주로 상위 기업이 감세효과를 봤다. 이것이 일자리 창출로 이어지게 하겠다. 실질소득이 감소한 근로자, 1년 가까이 손님도 제대로 받지 못한 채 어려움을 겪고 있는 자영업자 등의 소득세율은 낮춰야 한다. 그러나 임대소득, 금융소득, 10억원 이상 고소득자는 증세로 가야 한다. 지난 10년간 세수가 100조원이 늘었다. 경제 규모가 커졌기 때문이다. 경제 규모의 성장, 세수의 확대, 복지의 증대로 갈 수 있다."

'바이미식스'를 신산업으로 제시했다

"미래 전략산업을 키워내야 한다. 한·미 정상회담 합의문을 보면 미국은 일본이 아니라 한국과 바이미식스 분야에서 투자협력, 기술협력을 하겠다는 뜻을 분명히 밝혔다. 엄청나게 중요한 의미를 담고 있다고 본다."

국부펀드를 통해 국민 자산을 형성해 주겠다고 했다

"성장의 과실이 얼마나 골고루 나뉘는지가 중요하다. 국민연금
을 보면 30년간 연평균 수익률이 6%가 넘는다. 채권에 50% 넘게
투자하면서도 그렇다. 국부펀드 수익률 7%를 달성할 수 있다."

민주당이 언론중재법 처리를 강행하고 있다

"기본적으로 언론의 책임 강화는 필요하고 법의 취지에는 찬성
한다. 그러나 언론의 비판, 견제, 감시 기능이 훼손되지 않도록 하
는 것이 중요하다. 자칫 '개혁의 부메랑'이라는 의도하지 않은 결과
가 나타날 수 있다. 교각살우가 될 수 있는 것이다. 마지막까지 협
의하고 논의해서 사회적 합의를 만들 필요가 있다."

윤 전 총장과 최 전 원장은 어떻게 평가하나

"윤 전 총장은 대선이 7개월밖에 남지 않았는데 나라를 어떻게
끌고 갈지 비전을 제시하지 못하고 있다. 최 전 원장은 더 말할 것
도 없다. 자기 분야에서 다소 성과를 냈다고 해서 느닷없이 국가
지도자로서 자격을 얻었다고 생각하는 건 착각이다. 안철수 국민
의당 대표가 10년 동안 보여줬다. 그 둘도 그래서 어렵다고 본다."

5부

민주당의 미래!
단 1cm라도 세상을
변화시키는 성과를 위해
싸우는 정치!

2022년
더불어민주당 당대표
선거 연설문

'확 달라진 민주당'
'이기는 민주당'을 약속드립니다

▶ 2022년 7월 18일
더불어민주당 당대표 출마선언문

지역정치를 넘어서서 부산에서 콩이면 광주에서도 콩인 세상을 만들자는 노무현 대통령 말씀처럼 이제 계파 정치와 악성 팬덤에 끌려다니는 폐쇄적 진영 정치가 아닌 더 개방적이고 더 포용적이며 더 확장적인 민주당이 되어 호남에서도 이기고, 영남에서도 이기는 정당! 서울 강남3구의 험지와 영남 대도시와 지방 산골지역 등 약세 지역에서 고군분투하고 있는 민주당 정치인들이 승리하는 정당! 그것이 민주당의 혁신이고, 민주당 변화의 결과입니다.

－본문 중에서－

존경하는 국민 여러분, 사랑하는 당원 여러분, 오늘 이곳, 부산 명지시장에서 더불어민주당 당대표 출마선언을 합니다.

22년 전, '바보 노무현'은 지역주의 극복을 위해 정치 1번지 종로를 버리고, 이곳 부산에 왔습니다. 이 곳 명지시장은 기득권과 지역주의에 맞서는 도전자 노무현의 새로운 시작을 상징하는 곳입니다. 아무도 없는 텅 빈 공터에서 어쩔 줄 몰라하면서도 또렷하게 지역주의 정치 기득권 정치 타파를 외치던 노무현의 외롭지만 당당한 도전의 흔적이 남아 있는 곳입니다.

'민주당은 전라도 당'이라는 손가락질을 받고 있던 시절 부산에서, 노무현은 민주당을 사랑하는 마음, 국민들을 사랑하는 마음으로 지역주의에 맞서고 낡은 기득권 정치에 맞서기 위해 도전했었습니다.
저도 오늘 이 자리에서 국민을 분열시키던 낡은 지역주의의 또다른 이름인 진영대립의 정치, 계파독점의 정치, 악성팬덤의 정치에 맞서 민주당과 우리 정치의 새로운 시작을 위한 도전을 선언하고자 합니다.

노무현은 도전자였습니다. 그 즈음 민주당 안에는 대선 필패론이 감싸고 있었고 그 필패론의 또다른 이름은 이인제 대세론이었습니다. '어차피 대통령 후보는 이인제', 어대이였습니다. 민주당을 사랑하는 도전자 노무현은 뻔한 대세론에 주눅들지 않고 이인 제의 낡은 정치에 맞섰습니다.

노무현의 도전처럼 저도 오늘 민주당을 짓누르고 있는 어대명 이라는 절망적 체념에 맞서 민주당의 역동성을 깨우고자 도전합 니다. 무의미한 안방 대세론으로 우리는 승리할 수 없습니다. 선 거에 연이어 패배한 장수가 또다른 패배를 맞이하도록 좌시해서 는 안됩니다.

오늘 저는 지역주의에 맞섰던 도전자 노무현처럼, 당을 사당화 하려는 계파정치, 다름을 인정하지 않는 독선적인 악성팬덤에 맞 서 우리 더불어민주당을 국민의 상식과 마음에 맞는 당으로 만들 기 위해, 이곳 명지시장에 섰습니다.

제가 민주당을 사랑하기 때문입니다. 제가 민주당을 이기는 정당 으로 변화시키고 싶기 때문입니다. 낡은 지역주의 정치와 결합한 더 나쁜 진영주의 정치에 맞서고, 우리 더불어민주당을 국민께 사 랑받고 지지받는 최대 정당으로 만들기 위해 도전을 시작합니다.

지역정치를 넘어서서 부산에서 콩이면 광주에서도 콩인 세상을 만들자는 노무현 대통령 말씀처럼 이제 계파 정치와 악성 팬덤에 끌려다니는 폐쇄적 진영정치가 아닌 더 개방적이고 더 포용적이며 더 확장적인 민주당이 되어 호남에서도 이기고, 영남에서도 이기 는 정당! 서울 강남3구의 험지와 영남 대도시와 지방 산골지역 등 약세 지역에서 고군분투하고 있는 민주당 정치인들이 승리하는 정당! 그것이 민주당의 혁신이고, 민주당 변화의 결과입니다.

진보적 국민은 자랑스러워하고, 보수적 국민은 수긍하는 정당으로 거듭나게 하겠습니다. 확 달라진 민주당, 이기는 민주당을 시작할 수 있게 힘을 모아주십시오. 송두리째 바꿔야 이깁니다. 확 바꿔야 이깁니다.

저 박용진은, 우리 더불어민주당이 실력있고 정책으로 승부하는 정당으로 자리하는데 큰 역할을 해왔습니다. 유치원3법으로 유아교육의 공공성을 강화하고 유치원 회계투명성을 확보했습니다. 국민의 안전을 위해 현대차 리콜도 실시하게 했습니다. 두 사안 모두 전국적으로 지지를 받는 정책이었고, 그 길에 우리 더불어민주당 의원님들과 함께했습니다.

박용진의 정치는 민주당과 함께하는 승리의 역사였습니다. 우리 더불어민주당의 강령에 맞게 재벌개혁에도 앞장섰습니다. 차명계좌로 우리 법체계를 뒤흔들었던 이건희 회장에게 과징금을 부과해 세금을 환수했습니다. 문재인 대통령의 재벌개혁 공약을 실행하고, 코리아디스카운트를 해소하기 위해 코스피3000!법을 제시했고, 우리당의 공정경제3법을 견인했습니다.

이제 당대표로서 우리 더불어민주당이 국민 모두의 상식에 딱

들어맞는 정책을 강력하게 추진하는 내 맘같은 정당, 일 제대로 하는 정당이 되도록 확 바꾸겠습니다. 실망 속에 떠나간 이탈 민주층을 다시 돌아오게 하겠습니다. 민주당의 외연확장, 탄핵정치연합 시절 '최대민주당' 복원, 이제 민주당의 박용진이라는 새로운 물결로 실현시켜주십시오!

우리 더불어민주당은 지금 전략적 선택을 넘어 역사적 결단을 해야 합니다. 계파냐 민심이냐! 악성팬덤이냐, 국민이냐! 선택해야 합니다. 지긋지긋한 내로남불의 진영정치냐 국민을 하나로 묶어 새 시대를 여는 통합의 정치냐! 선택해야 합니다.

민주당은 계속적 패배의 길이냐, 새로운 승리의 길이냐의 기로에 섰습니다. 민심을 거스르면 결코 승리할 수 없습니다. 우리는 특정 계파의 지지가 아닌 민심을 얻으러 가는 길로 나서야 합니다. 계파의 누군가를 지키기 위한 정치가 아니라, 국민지지를 받기 위한 정치의 길로 가야 합니다.

승리를 위해, 국민의 지지를 되찾아오기 위해 2년 뒤 총선과 5년 뒤 대선에서 승리하기 위해 박용진을 선택해주십시오. 더불어민주당의 당대표로 박용진이 선택되면, 국민들께서 깜짝 놀란 눈으로 우리당을 새롭게 보시게 될겁니다. 더불어민주당을 떠났던 이탈 민주세력이 가던 길을 멈추고 우리를 돌아보게 될 것입니다!

약속을 지키는 〈약속정당〉

청년에게 더 많은 기회와 결정권을 주는 〈청년정당〉

국제감각을 갖춘 〈국제정당〉

선진국 대한민국에 초대받지 못한

국민들과 함께하는 〈사회연대정당〉

민생현장에 밀착된 정책을 펴고 공정한

시장경제를 확립하는 〈경제정당〉

5대 혁신 정당을 깃발을 들고 당을 환골탈태 시키고 민주당이 앞장서 우리 정치의 새로운 물결을 만들어내겠습니다. 과거와는 다른 민주당, 선진대한민국에 걸맞은 정치문화와 정책실력을 갖춘 선진 정당으로 탈바꿈하겠습니다. 이기는 더불어민주당을 만들기 위해 박용진을 선택해주십시오. 박용진이 만들어낼 변화는 더불어민주당의 역사적 순간으로 기록될 것입니다.

'내로남불 정당'과 결별해야 합니다. 집은 사는 곳이지 사는 것이 아니라며 집 한 채 가지려는 국민들을 가르치려 들면서 정작 자신들은 강남에 똘똘한 한 채를 챙기던 '꼰대 진보'와도 결별해야 합니다. 국민의 먹고사는 문제가 아닌 우리만의 관심사에 몰두하면서 검찰개혁도 잃고 선거 승리도 잃는 '우리들만의 정치'와도 결별해야 합니다.

꼼수탈당과 같은 편의주의적 사고에 갇힌 '선택적 정의'와도 결

2022년 7월 18일 민주당 당대표 선거 도전을 비가 억수같이 쏟아지는

부산 명지시장에서 밝혔습니다. 22년 전 노무현의 초라한 유세가 있었던 현장.

다시 그곳에서 몇몇 상인들만 놀란 눈으로 쳐다보는 가운데 진행된 출정식이었습니다.

별해야 합니다. 이런 더불어민주당과 결별해야 합니다. 송두리째 바꿔야 합니다. 그래야 우리는 국민들께 달라졌다 인정받고 지지받을 수 있습니다.

저 박용진은 우리당이 패배의 길을 갈 때, 다르게 생각하고 다르게 말해왔고, 상식에서 움직이고 성과를 만들어내는 달랐던 사람입니다. 그래서 항상 국민들께 민주당의 '그래도 믿는 구석'으로 자리해왔습니다.

박용진과 함께 민주당의 변화를 시작합시다. 우리만의 골방과 막다른 골목을 벗어나 국민이 기다리는 승리의 광장과 민심의 바다로 당당하게 달려갑시다. 국민의 신뢰를 되찾고, 더불어민주당의 가치가 빛날 수 있도록 넓은 장을 열겠습니다.

더불어민주당을 새로운 물결 위에 실어주십시오! 확 달라진 민주당을 만들 사람, 이기는 민주당을 만들 사람, 박용진을 새로운 민주당의 당대표로 만들어주십시오!

감사합니다.

민주당의 미래

▶ 2022년 8월 28일
더불어민주당 전국대의원대회 연설문

민주당 미래에 대해 이야기한 연설이었습니다. 혼신의 힘을 다해 연설했고,

진심을 다해 호소했습니다. 전당대회 기간 가장 명연설로 평가 받는 연설문이

었고, 민주당이 있어야 할 곳과 나갈 길을 선명하게 제시했던 자리였습니다.

우리는 故 허대만 전 경북도당위원장을 기억합니다. 1995년, 만 26세 최연소 지방의원으로 당선된 그는 보수의 심장 포항에서 7차례 도전하여 7번 모두 패했습니다. 그리고 이번 주 그의 장례식이 있었습니다. 향년 54세, 한창 일할 나이에 암으로 세상을 떠났습니다.

그는 험지에서 버티기만 해온 사람이 아닙니다. 그는 도당위원장 시절에 연동형 비례대표제를 촉구했던 정치개혁의 주창자였고 포스코 노조탄압 중단을 촉구했던 약자의 벗이었습니다.

우린 허대만 동지를 험지에서 고생한 사람으로만 기억해선 안됩니다! 그는 누구보다도 민주당의 가치를 사랑하고 실천한 사람이었습니다. 허대만을 기억한다는 건 험지 지원 전략과 권역별 비례대표제와 석패율제 등 선거법 개정만을 이야기하는 것이 아니라 우리가 지금 함께 꿈꾸고 있는 민주당의 가치를 실현시키기 위해서 몸부림치며 변화와 혁신을 이루는 것입니다!

험지에서 목숨 걸고 뛴 동지들, 그곳에서 도전하다가 울며 떠난 벗들, 벗들의 좌절과 슬픔을 넘어 민주당이 꿈꾸는 사회를 만들어 나가겠다는 각오를 다시 세우는 것. 정치개혁! 사회적 약자를 위한 사회연대정당의 가치를 실천하다 허대만이 쓰러진 자리, 바로 그곳에 우리가 가야할 '민주당의 미래'가 있습니다!

엊그제 국민의힘에 대한 법원의 판단이 있었습니다. 제가 보기에 법원이 말한 건 딱 두줄입니다. 국민의힘은 윤석열 사당이다! 국민의힘은 윤핵관이 이끄는 반민주정당이다! 이것입니다 여러분! 법원은 집권여당을 반민주적 정치세력으로 규정한 것입니다! 오랜만에 나온 법원의 명쾌한 판단에 박수를 보냅시다 여러분!

절차와 원칙을 무시하는 이 자들은 자기들 당을 운영하듯 국가도 그렇게 함부로 반민주적으로 운영하고 있습니다. 국회가 만든 법을 시행령으로 뒤집고, 자의적 법해석으로 경찰국을 만들고 있습니다! 자기네 당만 망치는 게 아니라 나라도 망쳐먹을 사람들입니다! 이제 가만둬선 안됩니다!

도덕적, 정치적으로 저들을 압도할 박용진이 앞장서서 저들의 엉망진창 국가운영과 맞서 싸우겠습니다! 힘을 보태주십시오!

수원 세모녀 장례식장에 대통령 부인이 조문은 왔지만! 복지는 축소한답니다. 입으로는 슬픔을 말하고 사각지대를 없애야 된다 말하면서 예산을 없애고 아무 행동도 하지 않는 건 가증스런 연극일 뿐입니다!

야당인 우리가 이 잘못된 태도를 바꿔야 합니다. 대한민국은 김대중 노무현 문재인 정부가 확장해왔던 복지국가의 그 길로 가야

단 1cm라도 세상을 변화시키는 성과를 위해 싸우는 정치!

거기에 우리의 미래가 있습니다.

용기와 지혜로 세상을 바꿔나갈 '민주당의 미래'!

박용진에게 투표해 주십시오.

합니다! 그 길에 '민주당의 미래'가 있습니다! 여러분과 함께 가겠습니다!

이런 윤석열 정부에 맞서려면, 이제 우린 달라져야 합니다. 고위공직자 청문회에서 우리가 만든 기준과 가치가 우리의 이중적이고 자의적인 태도 속에 무너졌습니다. 임대차 3법을 만들어놓고 부동산 내로남불이 드러났습니다. 정치개혁 얘기해놓고 위성정당을 창당했습니다. 권리당원 전원투표까지 동원해가며 스스로 만든 무공천 원칙도 뒤집었습니다. 국민들께서 우리 이런 모습에 실망하고 분노하셨습니다. 이제 이런 것 다 버리고 갑시다.

우리 당은 원칙이 살아있는 민주적 정당이었습니다. 절차를 무시하는 편의주의와 꼼수, 상황 논리에 따라 입장이 달라지는 소탐대실의 정치와 결별합시다. 그래야 우리 '민주당의 미래'가 있습니다. 내로남불, 계파독식, 진영논리와 악성팬덤에 끌려다녔던 정치 싹 다 버리고 새로 혁신하고 변화하는 민주당으로 나갑시다!
온갖 어려움 속에서도 할 말하고 할 일을 해온 박용진이 당의 새로운 모습을 만들고, '민주당의 미래'를 책임지겠습니다!

수원 세모녀의 장례식장에서 영정도 없고, 위패만 덩그러니 있는 그 차가운 장례식장 바닥에 엎드렸을 때 생각했습니다. 대우조선 하청 노동자들의 그 뜨거운 국회 농성장 아스팔트 바닥에 앉아 있으면서 생각했습니다.

이 세 모녀가 외롭게 죽어간 수원의 그 좁은 방 안에 민주당의 할일이 있구나, 노동자의 국회 앞 그 무더운 단식 농성장 안에 우리 민주당의 할 일이 있구나. 우리 민주당이 잘못했던 것도 우리 민주당이 나아갈 미래도 여기 있구나.

우리 민주당은 사회적 약자들과 함께했던 정당입니다. 시대에 뜨겁게 반응했던 반응정당입니다. 전태일 열사가 근로기준법을 자기 몸과 묶어서 활활 불태워버렸을 때, 모두가 깜짝 놀라기만 했을 때, 하루 일당 오십원이 뭡니까? 일요일은 쉬게 해주세요. 먼지가 너무 많으니 환풍기를 설치해 주십시오. 이 거창하지 않은 요구에 반응했던 정치인이 있습니다. 신민당 대선후보 김대중이었습니다.

거창하지 않지만 한없이 소중하고 절박한 이야기들, 지금도 그런 것이 있습니다. 5만원도 안되는 건강보험료를 낼 수 없었던 수원 세 모녀, 2백만원 남짓되는 월급을 받으면서 고용을 보장해 달라는 하청 노동자, 우리 민주당은 거창하지 않지만 너무나 소중한 것들을 지키기 위해 싸우는 정당이어야 합니다.

출산휴가와 육아휴직 신청서를 앞에 두고 망설이는 엄마, 아빠에게 든든한 빽이 되는 정당이 됩시다. 좋은 부모 만난 다른 집 아이들과 다르게 내 아이에게 그럴싸한 경력과 기회를 만들어주지 못해 죄책감으로 살아가는 엄마, 아빠에게 공정한 기회를 보장하는 위로가 되는 민주당이 됩시다. 거기에 '민주당의 미래'가 있습니다.

우리, 다수이지만 사회적 약자인 사람들의 힘이 되는 민주당이 됩시다. 우리, 거대하지만 목소리를 내지 못하는 국민들의 목소리가 됩시다. 그것이 박용진이 이야기하는 사회연대정당이고 우리가 걸어왔던 민주당의 길, 우리가 가야할 '민주당의 미래'라고 저는 주장합니다.

단 1cm라도 세상을 변화시키는 성과를 위해 싸우는 정치! 거기에 우리의 미래가 있습니다. '민주당의 미래'를 책임질 사람, 누굽니까!

동지 여러분, 한유총에 맞서 유치원 3법을 통과시키고 재벌총수에 맞서 재벌개혁을 실천해온 사람, 용기와 지혜로 세상을 바꿔나갈 '민주당의 미래'! 박용진에게 투표해주십시오.

동지 여러분 함께해 주시겠습니까! 우리의 미래를 위해 투표해주십시오!

감사합니다!

감사의
글

이 책을 구상한 것은 당대표 경선이 끝난 직후였다.

대선 경선과정에서의 말과 글, 당대표 경선 과정에서의 각오들을 정리하는 일은 여러모로 의미가 있을 것이기 때문이다.

그러나 이 그 말과 글들을 묶고, 생각을 정리해서 가지런히 하는 일은 생각보다 간단하지 않았다. 많은 기록들 중에 어떤 것을 골라 담을 것인지, 어느 부분에 보다 강조점을 두어야 하고, 생명력을 부여할 것인지 정하는 일도 쉽지 않았다. 무더웠던 2023년 여름 내내 나는 그 작업을 하면서 지냈다.

책에 담을 말과 글과 생각을 정리하면서 내가 새삼 많은 사람들에게 빚을 지고, 지혜를 얻고, 정치인 구실을 제대로 할 수 있는 신세를 지고 있음을 깨달았다.

그들 모두에게 감사하다.

대선캠프에서 시작되어 지금까지 만나고 있는 정책과 지혜의 꿈 보따리 자문단들,

전국에서 함께해 준 캠프의 지역 일꾼들,

정책을 제안하고 만들어 주신 교수님들과 전문가분들의 노고를 잊지 않고 있다.

앞으로 박용진의 정치를 완성하는 과정에서 더 많은 지도편달을 당부드린다.

책을 만드는 과정에서 애써주신 의원실의 보좌진들, 특히 김형근 선임비서관과 출판사 차정임 팀장님을 비롯한 도서출판 CWC 식구들에게도 고마운 마음이다.

언제나 응원해 주시는 강북구 주민들, 막내아들의 든든한 버팀목이신 부모님과 쿨하지만 늘 내편인 아내와 아이들, 소신정치 한다고 여러 가지 피곤한 일 만드는 의원 탓에 늘 노심초사하는 민주당 강북을 지역의 간부들과 당원 동지들에게 감사의 마음을 지면을 통해 밝힌다.

여러분들이 오늘의 박용진을 만들었고, 미래의 박용진도 만들어주실 원천 에너지라는 사실을 알아주시면 정말 감사하겠다.

"이 책을 받아주셔서 진심으로 영광입니다!"

2023년 가을.
박용진 드림

행복한 대한민국을 위한
박용진의 약속

20대 대통령선거 민주당 경선 당시 박용진 'OK캠프'에서 내걸었던 공약들입니다. 대선 출마 당시 출간한 〈박용진의 정치혁명〉에서 제안했던 대한민국 대전환을 위한 구상이 대선 경선을 거치며 여러 사람들과의 토론을 통해 보완되고 정교해졌습니다. 각 공약의 구체적인 설명은 경선 기간 연설문과 기자회견문 등에 충실히 담아내고자 노력했습니다. 미완의 약속에 대한 기록이지만 이 공약들은 박용진이 만들고자 하는 대한민국의 밑그림이며, 앞으로 박용진이 해나갈 더 큰 정치적 도전의 발판이 될 것이라고 믿고 있습니다. 제 소중한 정치적 자산들입니다.

Ⅰ. 박용진 OK캠프 주요 공약

1. 박용진의 '국부펀드', 국민자산 5억 성공시대의 시작

- 한국판 테마섹, 국부펀드 조성

  : 약 1,500조원 규모의 통합 국부펀드 조성 및 7% 수익률 달성으로

  국민자산 축적의 기반 마련과 함께 각종 기금운영과 주식시장의

  안정성 강화

2. 박용진의 '든든주거', 국민 주거권 실현

- 부동산 3박자 정책 – 좋은집충분공급 전략, 가치성장주택,

  임대주거지 원정책

- 부동산 청약제도 개편

- 김포공항 기능 인천공항 이전 및 스마트시티 20만호 공급

3. 박용진의 '동시감세', 기업규제 혁신 고속도로

- 법인세 · 소득세 동시감세

  : 중소 · 중견기업 혜택을 위한 법인세 감세와 일하는 사람의 구매력

  을 늘리기 위한 소득세 감세를 통해 대한민국의 성장과 미래를 위한

  동력 확보

4. 박용진의 '평등 병역', 모병제와 남녀평등복무제

- '남녀평등복무제' 기반 '모병제' 도입

- 현역병 급여 현실화 및 군인연금제도 연계

- 현역 및 제대군인에 대한 예우 및 지원 강화

5. 박용진의 '양경제', 대한민국 신성장동력 확보

- 두 개의 특별시, 두 개의 수도로 지방분권과 균형발전 달성

  : 서울은 국가 수도이자 4차 산업혁명의 글로벌 허브로, 세종은 행정 수도이자 국내 허브로 기능하게 하면서 분권형 대통령제 개헌을 통해 지방분권과 균형발전 달성 뿐만 아니라 상호협의 · 견제의 정치 구조로 개혁

6. 박용진의 '교육혁신', 교원평가제와 기초학력보장제

- 교육개혁의 첫걸음, 교원평가제
- 교육불평등 해소를 위해, 기초학력보장제

7. 박용진의 '노동개혁', 변화한 노동환경에 따른 체계 개편

- 산업구조 변화에 따른 임금체계 개편 및 탄소중립 전환 지원

8. 박용진의 '안심 사회', 여성이 행복한 나라 실현

- 여권 신장을 위한 3대 여성 평등 공약

  △여성 임금 격차 해소

  △여성 생활안전 강화

  △여성 군사훈련 의무화(남녀평등복무제)

- 산모와 신생아를 위한 산후조리 서비스 건강보험 급여화

9. 박용진의 '희망 사회', 청년의 꿈 실현

- 도전하는 MZ세대를 위한 박용진의 제안

  △커리어형성권 보장

  △자발적 실업자 실업급여 수급권 강화

  △비정규직을 위한 청년 안식년제 제도화

  △국부펀드 전략과 가치성장주택 공급으로 자산형성 및 내 집 마련

기회 보장

10. 박용진의 '위드 코로나' 新 방역체계 도입과 금융지원 확대

- 국민 안심 4K 위드 코로나

  △K−백신패스 △K−비대면 상거래 △K−메디컬 △K−바이오

- 자영업자 · 소상공인 120조원 무이자 대출

11. 박용진의 '더불어 사회', 750만명 재외동포의 안전과 권익 보호

- 재외국민과 더불어 사는 대한민국을 위한 3대 제안

  △재외동포정책과 이주민정책 컨트롤 타워로서 재외동포

  　전담기구 설치

  △재외국민보호법(영사조력법) 개선으로 재외국민 실효적 보호 확대

  △재외동포 권익보호 확대

Ⅱ. 박용진 OK캠프 권역별 공약

1. 수도권 − 서울, 인천, 경기

(수도권 공통)

- '든든주거' 전략 완성
- 수도권 내 균형발전 실현

(서울특별시)

- 권역별 스마트시티 개발 활성화
- 교통시설 확충

- 온실가스 배출 2030년까지 40% 저감 대책 지원('05년 대비)

(인천광역시)

- 경인고속도로 통행료 폐지 및 인천 대중교통망 개선
- 정부 주도 인천항 활성화 추진
- 글로벌 그린 허브 조성
- 광역시 위상에 맞는 인프라 강화

(경기도)

- 다함께 잘 사는 경기도 만들기
- 미래 혁신 일자리 플랫폼 조성
- 지역특화 테크노밸리 확산과 미래 일자리 창출 도시 모델 구축

2. 중부권 – 대전, 세종, 충남, 충북

(대전 · 세종 · 충청 공통)

- 두 개의 수도, 두 개의 특별시, 세종특별시 승격
- 인구 550만명 규모 충청권 메가시티 조성

(대전광역시)

- 대덕특구를 「세계적 혁신클러스터」로 재창조해 4차 산업혁명을 선도하는 대전 실현
- 문화 · 친환경 도시 대전 조성

(세종특별자치시)

- 세종시 접근성 향상을 위한 교통 인프라 구축
- 세종특별시 완성

(충청북도)

- 충청권 교통망 확충

- 시스템반도체 첨단 패키징 플랫폼 구축

- 청주교도소 이전

(충청남도)

- 2050 탄소중립사회로 가기 위한 충남의 정의로운 전환 지원

- 제4차 국가철도망 구축계획(안) '추가 검토사업' 반영

- 지역의료체계 강화를 위한 공공의료 확충

3. 동해권 – 대구, 경북, 강원

(대구 · 경북 공통)

- 대구 · 경북 신공항 인프라 조성

- 대구~광주 달빛내륙철도 조기 착공

- 대구 · 경북 취수원 이전사업 추진

- 대구 · 경북 행정통합 – 대구경북특별자치정부

(대구광역시)

- 2038 하계 아시안게임 대구 · 광주 공동유치 추진

- 미래형 스마트 산업단지 구축

- 서대구역 인근 노후 하 · 폐수처리장(4곳) 통합 및 지하화

(경상북도)

- 구미 국가산업단지 그린산단 전환, 구미형 에너지 新산업 육성

- 경북 교통망 증설

- 동해안 산업벨트 활성화
- 경북지역의 취약한 의료환경 개선

(강원도)

- 강원평화특별자치도 설치
- 신규 화력발전소 환경대책 및 합리적 주민 보상안 마련
- 남북교류 평화 SOC 구축
- 지역맞춤형 특화산업 육성을 통한 지역일자리 창출

4. 동남권 – 부산, 울산, 경남

(부산 · 울산 · 경남 공통)

- 동남권 4대 거점 연계 발전
- 동남권 신산업 광역경제권

(부산광역시)

- 가덕도신공항 건설 패스트트랙 추진
- 2030년 부산 월드 엑스포(세계 박람회) 유치
- 부산항 북항 2단계 항만 재개발 예타 지원
- 부산 혁신도시 2차 공공기관 이전

(울산광역시)

- 글로벌 친환경 · 그린 에너지 선도도시 구현
- 광역시 위상에 맞는 도시교통 인프라 구축
- 울산형 뉴딜로 지역경제 위기 극복 선도
- 첨단과학문화 연구개발 특구, U-밸리 조성

(경상남도)

- 철도 30분, 대중교통 1시간대 동남권 광역 교통망 구축

- 동남권 연계 공동산업 및 특화산업 육성

- 조선산업 활로 모색

5. 서남권 – 광주, 전북, 전남, 제주

(광주 · 전라 공통)

- 호남 초광역 에너지경제공동체(RE300) 구축

- 호남 #형 고속 교통망 확충

(광주광역시)

- 광주 · 전남 480만평 규모 국가 미래산업 삼각 벨트 연계 강화로 320만 인구 광역 경제권 그랜드 비전 확보

- 광주 AI 인공지능 대표도시 조속 추진

- 광주의료원 설립

(전라북도)

- 전북혁신도시를 제3금융 중심지로 지정

- 남원 국립 공공 보건의료대학 조속 설립 완료

- 새만금 및 전북 지역 발전 기틀 마련

(전라남도)

- 광주 · 전남 바이미식스 광역 경제권 그랜드 비전 확보

- 전남 교통망 연계 강화

- 여순사건의 완전한 해결

(제주특별자치도)

• 제주특별자치도의 완성

• 지속가능한 제주 발전계획 수립

• 도서 지역 특성상 필요한 인프라 구축

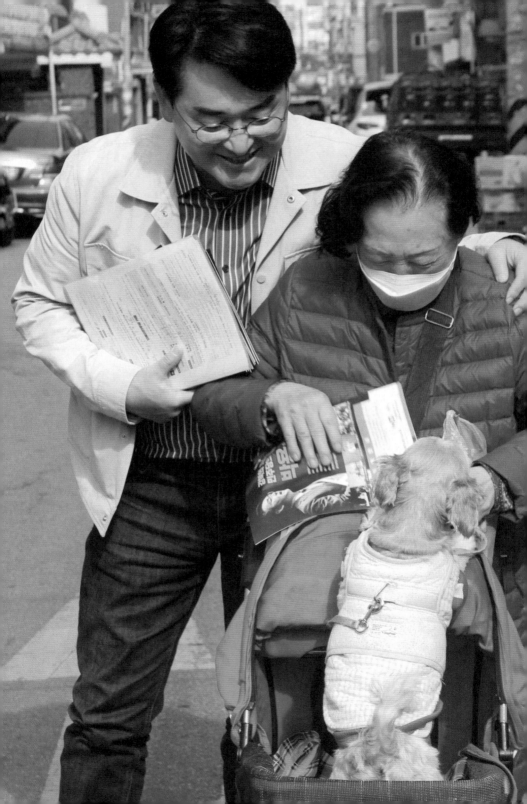

더 리더: 미래를 향한 도전

초판 1쇄 2023년 11월 10일
지은이 박용진
펴낸이 김기헌
책임편집 차정임
디자인 배인숙
경영지원 윤순재
마케팅 진권
펴낸곳 도서출판 CWC
주소 서울 금천구 독산로 67길 16, 301호(독산동)
전화 02-2266-1490
팩스 02-2266-3018
등록 제 2019-000034호
ISBN 979-11-967092-2-8 03810